睦月影郎

美人教師の秘蜜

実業之日本社

実業之日本社文庫

目次

美人教師の秘蜜

第一章　憧れ美女の部屋

1

「みんな頑張っているわね。元気そうで安心したわ」

高校教師の石川芙美子《いしかわふみこ》が皆に言い、一樹《かずき》も相変わらず美しい彼女を見て胸がいっぱいになった。

今日は一年半ぶりの、高校の同窓会である。

松江《まつえ》一樹は二十歳の大学二年生。高校も大学も、親と一緒のマンションから通っていたが、今は、機器メーカー勤務の父親が母と一緒にアメリカへ長期出張に行ってしまい、一人っ子の彼はマンションに一人で暮らしていた。

同窓会といってもクラス会や学年の集まりではなく、芙美子が顧問をしていた文芸サークルの集まりである。

芙美子は国語教師で、一樹が高校一年生に入学したとき、大卒の新任で入ってきた。彼女は清楚なメガネ美人で、一樹はいっぺんに魅せられ、以後三年間彼女の面影でオナニーに明け暮れていたのである。

芙美子には三年間クラス担任をしてもらい、ずっと文芸サークルにも在籍していたので、自分が最も彼女と親しいと自負していた。

もちろん卒業の時には思いきって告白しようと思っていたが、結局シャイで果たせず、今日の再会となってしまったのである。

一樹も二十歳になったというのに、未だにファーストキスも未経験の童貞。風俗へ行く金も度胸もなく、高校大学を通じて女性と付き合ったことはない。運動は苦手で完全なインドア、大学の講義の他は、もっぱら読書と投稿小説の執筆に明け暮れていた。

高校を卒業してからも、何度も芙美子にコンタクトを取ろうと画策したが結局果たせないままだった。

そして今日、憧れの女教師に一年半ぶりの再会となったのである。

新任だった芙美子も、今は二十七歳。

清楚で知的なメガネ美女は当時のままで、僅かに違うのはブラウスの膨らみが豊かになったことぐらいか。

彼氏がいるかどうか分からないが、処女ということはないだろう。

一樹は、当時のように芙美子のことをあれこれと想像した。

集まったサークルのメンバーは、僅か五人だけだった。

卒業して一年半も経ってしまったのは、浪人していたものが無事に合格するのを待っていたのである。

彼が、芙美子以外で会いたかった女子も二人来ていた。

一級上で、二十一歳の大学三年生、ミステリー好きで妖しい雰囲気を持ったロングヘアの山代珠利《やましろじゅり》。そして一級下で早生まれのためまだ十八歳の女子大一年生である、愛くるしい美少女、麻生桃香《あそうももか》だった。

この、上級生と下級生の二人は、一樹にとって芙美子に匹敵するほど妄想オナニーでお世話になっていた。珠利はどこか風変わりなので、正直に告白すれば初体験させてくれそうな気がした。桃香も、どこか一樹に憧れている様子も見えたが、どちらとも親密にはなれないままだった。

残る二人の男子は、さして親しくなかったのでどうでもよい。

すっかり珠利は大人っぽい雰囲気を持ち、桃香は相変わらず笑窪《えくぼ》の可憐な幼顔をしていた。

芙美子を合わせレストランに六人で夕食を囲み、未成年の桃香以外はビールで乾杯した。

まずは皆の近況を順々に話したが、芙美子の方は高校教師の生活は一向に変わり映えしないようだった。文芸サークルも、今は読書する生徒が激減し、残念ながら消滅したようである。

男子二人は、もうあまり読書などせず大学生活を謳歌《おうか》し、それぞれ彼女も出来ているらしい。

珠利はミステリー研究会に所属しているらしく、桃香は帰宅部で、みな一樹や芙美子と同じ市内の自宅に住んでいるようだった。

やがて会話も盛り上がっていたがお開きとなり、二次会もなく皆は早めの解散となった。

そこで帰り道に、芙美子が一樹に囁《ささや》いたのだ。

「実は来週引っ越すのよ、松江君のマンションの二階に」

「え……、そうなんですか。まさか結婚……？」

一樹は驚いて訊いた。

「ううん、前に住んでいたのが叔父叔母だったので、地方に家を建てるから私が安く借りられたの。高校にも近いし」

「そうですか。じゃ引っ越しの日にお手伝いします！」

一樹は勢い込んで言った。まさか二階に夫婦が住んでいたのは知っていたが芙美子の親戚とは知らなかったが、もともとマンションの住人は顔を合わせても軽く会釈する程度で、管理組合などもなかった。

そして話を聞くと、芙美子の部屋は一樹の真上だったのだ。

次の日曜に約束をし、芙美子は市内にあるハイツへ帰っていった。

一樹もマンションに戻り、芙美子に再会した感激を嚙み締め、すぐにもオナニーを開始してしまった。

マンションは2LDKで、エレベーターはない五階建て。

一樹が住んでいるのは狭い庭付きの一階である。

一室は両親の寝室なので今は滅多に出入りせず、残る一部屋を一樹が使っていた。あとは広いリビングとバストイレ、ベランダと納戸などである。

真上も、恐らく同じ間取りだろう。

そういえば先日、引っ越し業者が来ていたようだから、すでに二階は空室なのかも知れない。

彼は、真上の部屋に芙美子が来ることを思い、今度はきっと懇ろになれるチャンスが巡ってくるだろうと期待した。逆に、上下に住んでいるのに気まずくなったらという不安もあった。

それでも、近くに彼女が来てくれることは嬉《うれ》しい。

一樹は芙美子の面影を浮かべながら無垢《むく》なペニスをしごき、ついでに珠利や桃香の顔も思いながら、熱いザーメンを放ったのだった。

そして約束の日曜、一樹が朝早くから待機していると、マンションの敷地内にトラックが到着し、階段を上がって上の部屋に荷物が運び込まれはじめたようだった。

一樹は胸をときめかせて様子を窺《うかが》い、業者が帰った頃合いを見計らって二階の部屋を訪ねた。

「ああ、来てくれたのね。どうぞ」

芙美子が言ってくれ、一樹も自分の家とそっくりな玄関から上がり込んだ。

やはり全く同じ間取りで、床にはカーペットが敷かれ、リビングにはソファやテーブル、テレビなどが置かれていた。すでに冷蔵庫や洗濯機などは定位置に納まり、二部屋は彼女の寝室と書斎のようだ。

一人暮らしだから、段ボール箱もそれほど多くはない。だから業者以外、誰も手伝いに呼んでいないようだった。

芙美子はジャージ姿で朝から動き回っていたのか、ほんのりと生ぬるく甘ったるい汗の匂いが感じられた。

胸をときめかせている場合ではなく、彼もすぐ仕事にかかった。

家具が全て定位置に置かれたので、あとは段ボールから出したものを本棚やカラーボックスに入れるだけである。

「じゃ書斎をお願いするわね。本の並びは適当でいいから」

「分かりました」

彼が答えると、芙美子はキッチンの整理にかかった。

六畳で洋間の書斎には、すでに空の本棚と、ノートパソコンの置かれた机があり、彼は段ボールから出した本を棚に並べた。

一樹の部屋の真上だが、彼の部屋にはあとベッドもあるのでかなり狭い。

段ボールには、特にプライベートな日記や写真などはなく、国語の参考書や小説とエッセーなどを、なるべく項目別に本棚に並べていった。

本が済むと段ボールをばらし、別の箱を見てみたが、それは机の引き出しに入れるものだろうから手を付けず、彼は書斎を出た。

すると芙美子は、リビングのテレビとＤＶＤデッキなどを接続していた。

「やりましょうか」

「ううん、大丈夫。案外こういうの得意なのよ。それよりお昼を買ってきて、私はお茶とおにぎり二個、中身は何でもいいわ」

芙美子が言い、ポケットの財布から二千円出して渡してくれた。

「ええ、じゃ行ってきます」

「施錠して、鍵を持っていって。セールスとか勝手に開けると嫌だから」

芙美子が言い、今は配線に集中しているようだった。

一樹は玄関の靴箱の上に置かれていたキイを持ち、外に出て施錠すると急いでコンビニへ行った。

ふと、途中に合い鍵屋があるのを思い出し、一樹は急いで注文してしまった。

内心では、応答がない非常時のためとか言い訳しつつ胸が高鳴った。

注文してからコンビニでおにぎりを四つ、具は彼女に選ばせるため四種類にして、ペットボトルのお茶を二本買った。

帰りに再び合い鍵屋に寄ると、暇だったようですでにキイは出来ていた。

一樹は興奮に息を震わせながら金を払い、複製のキイを自分の財布にしまうと急いでマンションに戻った。

チャイムを鳴らし、解錠して中に入ると、まだ芙美子はさっきの姿勢のまま、テレビの前に座り込んでいた。

僅かの間に、甘ったるい匂いが濃く立ち籠めている気がした。

2

「お疲れ様。済んだわ。じゃお昼にしましょうか」

芙美子は言い、ソファに座ってリモコンを操作し、接続が上手くいったことを確認した。一樹も斜め横に座り、テーブルにおにぎりを広げてお茶を彼女の方に置いた。

何でも好きらしく、彼女は具の確認もせず無造作におにぎりを手にした。

「ラインを交換しましょう。近すぎるので、アポ無しで来たりしないで、用があるときは事前にラインしてね」

おにぎりを食べながら芙美子が言う。芙美子に限らず、女性との二人だけの食事は生まれて初めてである。

「ええ、分かりました」

互いのプライベートを守るためだが、逆に用があれば来て良いということに、彼は胸をときめかせた。

一樹もスマホを出して、互いのラインを交換した。

合い鍵を作られたことなど夢にも思わず、芙美子はだいぶ遅めの昼食を終え、一樹も全て空にしてお茶を飲んだ。

「普通ゴミは火曜と金曜の朝、缶とペットボトルは隔週で月曜の朝、不燃物や雑誌などは毎月一階の掲示板に張り出されます」

「分かったわ」

「夕食の買い物とかは？」

「手伝ってくれたお礼に、今夜は一緒に外でしましょう」

「うわ、嬉しいです」

言われて一樹は舞い上がり、どの店が良いか近くを思い浮かべた。

やがて芙美子は書斎の整理に入って引き出しに小物を入れ、一樹は寝室の小型壁掛けテレビを任された。

ドライバーで壁に金具を取り付け、小型テレビを設置するのに小一時間を要した。すでにベッドと化粧台は定位置に置かれ、クローゼットには来客用の布団なども入っていた。

窓際に置かれたベッドの枕をそっと嗅いでみたが、カバーは洗濯済みらしく何の匂いもなく残念だった。

彼女が書斎から出てこないので、彼はベッドに横になり、リモコンのスイッチを入れてテレビが映るか、見やすいかどうか確認した。

そして身を起こし、何気なく枕元にある引き出しをそっと開けて、彼はビクリと身を強ばらせた。

何と、中にはペニスを模したバイブと、楕円形のローターが入れられていたのである。

（うわ、すごい……）

一樹は激しく勃起し、そっとバイブの先端を嗅いでしまった。

恐らく愛用のものらしく、新品ではないが、特に匂いは感じられなかった。

一樹が外出している間に、芙美子はそっと肝心なものを引き出しにしまっておいたのだろう。

これで現在彼氏がいない可能性は高まったが、清楚で知的な芙美子の内面には、多大な欲望が秘められているのではないだろうか。

一樹は激しく勃起しながら、バイブを元に戻して引き出しを閉めた。

(こ、この部屋を盗撮してみたい……)

彼は室内を見回し、テレビの脇か下部なら、小型カメラでも設置できるのではないかと見当を付けた。

そして彼は起き上がり、枕に自分の髪でも残っていないか確認してから、寝室を出て流しと洗濯機のある脱衣所へ行き、バストイレも覗《のぞ》いたが、大部分は一階の自分の部屋と同じである。

違うのは、ピンクの便座カバーだけだった。

すでに洗面台には彼女の歯ブラシも置かれ、嗅いでみるとほのかなハッカ臭が感じられた。

一樹はチロリと歯ブラシを舐《な》めてから元に戻した。

キッチンに出ると食器類や調理器具も綺麗に棚に並んでいた。

バイブを見た衝撃から、なかなか勃起が治まらなかったが、彼は何とか懸命に気を鎮めた。

「寝室のテレビ終わりました」

「そう、こっちもそろそろ片付くわ」

書斎を覗いて言うと、芙美子も答えた。一樹は甘い匂いの立ち籠める書斎に入り、空の段ボールをばらして重ね、ビニールテープで十文字に縛ってから玄関脇にある納戸の中に立てかけた。他には掃除機があるだけで、彼は引っ張り出して床を掃除した。

やがて床の掃除を終える頃、芙美子も書斎から出てきた。

「お疲れ様。もう今日はこれでいいわ。あとは時間のあるときにゆっくり整理するから」

彼女が汗を拭っていった。もうだいぶ陽も傾いている。

「じゃシャワー浴びて着替えるので」

「はい、僕も一度下へ戻ります」

「どこのお店がいい？」

「ファミレスで良ければ、通りに出たらすぐあります」

「じゃ、そこで五時に会いましょう」

言われて、一樹もいったん彼女の部屋を辞して一階へ戻った。

そしてシャワーを浴び、上で彼女も浴びているだろうと思うと、また勃起してきてしまった。耳を澄ませても、特に上の物音は聞こえない。

やがてバスルームを出ると着替え、彼が五時前に部屋を出ると、ちょうど芙美子も階段を下りてくるところだった。

一緒に通りへ出てファミレスに入ると時間も早く、空《す》いているので窓際の席で差し向かいに座った。生ビールで乾杯し、オードブルをツマみながらワインに切り替えるとステーキが運ばれてきた。

「先生は、彼氏いないんですか?」

「今はいないわ。松江君は?」

「今も昔も、いたことは一度も無いです。こんなふうに、女性と二人の食事も生まれて初めてですので」

「そう、じゃまさか」

芙美子が、レンズ越しに彼を見つめて言う。

「ええ、ファーストキスも未経験です。二十歳にもなって恥ずかしいです」

「そうなの。麻生さんと良い感じに思えたのだけど」

芙美子が桃香のことを口にしたが、僕がずっと好きなのは先生だけですと、言いたくても口に出せなかった。

「いえ、誰とも全然、僕は暗いから……」

「暗くないわよ。きっと今に出来るわ。遊び慣れた男より、真面目で誠実なのが一番だから」

芙美子が言い、やがて緊張しながら彼は何とか食事を終えた。

昼間のおにぎりは斜め横でL字のソファだったが、やはり差し向かいは彼女の顔が眩しかった。

しかも、バイブやローターという彼女の秘密まで知ってしまったのである。

(今夜、僕に手ほどきすることを思いながら、あの器具でオナニーしてくれないだろうか……)

一樹は思いながら股間を突っ張らせ、食後のコーヒーを飲みながら懸命に勃起を抑えた。

そして彼女が会計を済ませ、一緒にファミレスを出た。

「じゃご苦労様。大学の勉強頑張ってね」

「はい、こちらこそご馳走様でした」

彼の部屋の前で別れ、芙美子はすぐ階段を上がっていった。

一階の掲示板脇にある集合ポストには、すでに『石川』のプレートが貼られていた。

一樹も自分の部屋に戻り、トイレに入って上階の音に耳を澄ませた。

すると、やはり彼女もまずトイレに入ったようで、微《かす》かなせせらぎが聞こえてきたではないか。

(ああ、芙美子先生の出したものを浴びてみたい……)

彼は、もう遠慮なく勃起しながら思い、下半身を露出して便座に座り、耳を澄ませながらオナニーしてしまった。

やはり女性体験がないから、生身の彼女と面と向かっているより、一人になった方がリラックスして快感に集中できた。

(ああ、芙美子先生……)

たちまち彼は快感に貫かれ、慌ててトイレットペーパーで亀頭をくるむと、その中に熱いザーメンをドクドクと放ったのだった。

しかし、一樹はまだ知らなかった。

これが自分にとって最後のオナニーに等しく、今後ずっと生身の女性を相手に射精出来る日々が来ることを……。

3

（とうとう、こんなことをするようになってしまった……）

翌朝、一樹は芙美子が高校へ出勤したのを窓から見送ると、こっそり部屋を出て二階へ上がった。

とにかく、もう芙美子は夕方まで帰ってこないだろう。少し時間を置いたので忘れ物を取りに戻る心配もない。

階段にも踊り場にも誰もおらず、彼は合い鍵を使って解錠すると、素早く芙美子の部屋に入り込んだ。内側からロックし、そこにあったサンダルを嗅いでから上がり込んだ。

胸は激しく高鳴り、すっかり芙美子の匂いの籠もるリビングを抜けて寝室に入った。

枕を嗅ぐと、ほんのり髪と汗の匂いが沁み付いていた。

そして壁掛けテレビの周辺で、隠しカメラを設置しやすい場所を確認してから化粧台の口紅を嗅ぎ、そっと舐めてから元に戻した。

ベッドの枕元にある引き出しを開け、バイブを取り出して嗅いだが、やはり昨夜使ったような痕跡は見当たらない。それはローターも同じで、当然ながら使用すれば綺麗に拭き清めるか洗うのだろう。

彼はいったん触れたものを元に戻し、脱衣所へ行った。

しかし洗濯機の中は、洗濯済みで湿った洗濯物が入っているだけだ。きっと朝に洗濯機を回し、帰宅してから干すのだろう。

トイレに入って便座に頬ずりしたが、便器の中は実に清潔で、汚物入れの中も空だった。

やはり寝室で抜かしてもらおうと思い、一樹は寝室に戻り、ザーメンを拭く準備のため枕元にあるティッシュを一枚引っ張り出した。すると、

「うわ……、最後の一枚だった……！」

一樹は焦って言いながら、引き出したティッシュを元のように畳むと、空になった箱に必死に戻した。

やはりティッシュの箱が空になっていたら、いくら何でも気づかれるだろう。

何とか触ったことが分からないようティッシュを戻し、ほっとしたのも束の間で、そこにラインの着信音が鳴ったのである。

「うわ……！」

一樹は叫び、慌ててポケットからスマホを取り出した。

見ると、何と一級上の珠利からではないか。

『急に会いたくなったので、これから行くわ』

読んで驚き、なぜ一樹が今日大学をサボったことを知っているのかと不思議に思いながら、とにかく侵入の痕跡がないか一通り確認してから、そっと芙美子の部屋を出て施錠した。

そういえば珠利の家も近くのマンションで、歩いて十分程度である。

もちろん今まで外で会うこともなく、ラインも先日の同窓会で交換したばかりだから、着信は初めてのことだった。

転げ落ちないように階段を駆け下りると、何とそこに珠利が立っていた。

「ひいい……」

「そんなに私が恐い？」

立ちすくんだ彼を見て、珠利が苦笑した。

「ど、どうしてここに……」

「とにかく入れてくれる？」

言われて、一樹は合い鍵を財布に戻し、キイホルダーに付いている自分の部屋のキイを出して解錠した。

珠利が遠慮なく上がり込むと、一樹も初めて女性が入ったことに胸を震わせ、閉めたドアを内側からロックした。

すると彼女はリビングのソファではなく、一樹の部屋に入って椅子に掛けた。

「ふうん、ここで勉強や読書や、自分を慰めたりしているのね」

珠利が室内を見回して言い、彼も恐る恐るベッドの端に腰を下ろして呼吸を整えた。

長い黒髪に、神秘的な切れ長の目をした彼女からは、やはりほんのり甘い匂いが感じられた。彼が高校二年生の在学中、三年生だったこのお姉さんの面影には何度となくお世話になったのである。

「で、何か急用とか……？」

一樹が訊くと、珠利はそれには答えなかった。

「いま、芙美子先生の部屋から出てきたわね」

「え……、な、何で……！」

言われて驚き、それで自白したようなものだった。

「やっぱり。今まで言わなかったけど、五階にある私の部屋からは、双眼鏡でこの一階二階がよく見えるのよ。もちろん年中見ていたわけじゃなく、昨日と今日だけ」

「ど、どうして……」

「同窓会の帰り、私の地獄耳が聞いてしまったの。先生が同じマンションに越してきて、昨日が引っ越しだということを」

「そ、それで……？」

「高校時代から、ずっと君は先生を好きだった。先日の同窓会でも、その思いが続いている様子だったわ。きっと引っ越しの途中、外出の機会があれば合い鍵を作るだろう事は、何となく分かった」

「え……」

このミステリーオタクである珠利の言葉に、一樹は震え上がった。

それなのに、女子と二人きりで居ると股間の疼きが治まらなかった。

あるいは珠利は、昨日彼が買い物に出たとき、外まで尾《つ》けてきて、合い鍵屋に入ったところまで見ていたのではないだろうか。

「そして今朝、先生が登校して間もなく、君が二階へ行くのが見えたわ」

「そ、それですぐに来たというわけ……？」

恐る恐る訊くと、珠利はじっと彼を見つめながら頷いた。

「僕は、どうしたらいい。訴えてもいいし、好きなようにするといい」

「そんな、自棄《やけ》にならないで。私は多くの提案をしたいのだから」

「提案……？」

「私も芙美子先生には、かなりレズっぽい興味があったわ。それに先生が二面性を秘めている感じも気になっていたし」

「二面性……、確かに……」

「何か発見したのね。教えて」

珠利の意図が分からず不気味だったが、何やら共犯めいた匂いが感じられはじめた。

「実はベッドの引き出しに、二種類のバイブが。ペニス型と楕円形のローター」

「そう！」

言うと、珠利が我が意を得たりという風に頷いた。

「じゃ、小型カメラを設置するといいわ。君もそのつもりだったのでしょう。いいわ、カメラは私が用意するから、一緒に見ましょう」

「え……」

一樹は、いつしか激しく勃起しながら、今日は何度も驚く日だと思った。

「設置も一緒にするわ」

「だ、大丈夫かな……」

「一人では、何かしらミスをするものよ。私が付いていれば万全」

珠利が言い、淫らな計画に彼の胸がゾクゾクと震えた。

「その前に、仲間の協定を結びましょう。どうせまだ童貞でしょう。私が教えてあげる」

「ほ、本当……？」

「ええ、初めての相手が芙美子先生でなくて残念だけど」

「い、いや、高校時代から、僕は珠利先輩に教えてもらいたい気持ちが大きかったから……」

急な展開に、一樹は混乱しながらも興奮が増していった。

「そんなお世辞は要らないわ。どうせ先生は無理と思って、手近な私をと思っただけでしょうから」

推理マニアで、何でもお見通しの珠利が言う。

「た、確かに僕はまだ童貞だけど、珠利先輩は？」

「男は二人知ってるわ。最初は好奇心だけで、次は少し付き合ったけど今は別れた。それに女同士も、少しだけ桃香と戯れたことならあるけど、私は桃香のような処女より大人の芙美子先生に興味があるの」

この美しい魔女が言い、椅子から立ち上がった。

「じゃシャワー借りるわね」

「ま、待って、そのままがいい。最初は、女性のナマの匂いを知りたいので。僕は朝シャワー浴びたから」

押しとどめて必死に言うと、

「そう、ゆうべお風呂入っただけだけど、それでいいなら」

言うなり、珠利は清楚なブラウスのボタンを外しはじめた。スカートは黒で、実に白と黒が似合った。

「さあ、君も早く脱いで」

珠利がためらいなく脱ぎながら言い、彼もシャツとズボンを脱ぎ去り、最後の一枚をモジモジと脱ぎ去ってベッドに横たわった。

彼女は背を向け、ブラを外して白く滑らかな背を見せ、最後の一枚を脱ぐときこちらに形良い尻が突き出された。

そして一糸まとわぬ姿になると、どこも隠さず向き直り、すぐに添い寝してきてくれた。

全裸に長い黒髪だけとなると、何やら妖しい巫女のような雰囲気があり、服の内に籠もっていた熱気が、甘ったるい匂いを含んで部屋に立ち籠めた。

4

「さあ、何でも好きにしていいわ。歯形さえ付けなければ」

珠利が身を投げ出して言い、一樹は一つ上のお姉さんに甘えるように腕枕してもらった。

スベスベの腋の下に鼻を埋めると、そこは生ぬるく湿り、濃厚に甘ったるい汗の匂いが籠もっていた。

（ああ、女の匂い……）

一樹は胸を満たしながら感激に震え、目の前で形良く息づく膨らみに、そろそろと手を這わせていった。

乳房は柔らかく、ピンクの乳首はコリコリと硬くなっていた。

彼は充分に珠利の腋の匂いに噎《む》せ返り、そっと移動してチュッと乳首に吸い付き、舌で転がしながらもう片方に指を這わせた。

「……」

珠利は声は出さないが、ビクリと僅かに身を硬くさせた。

とにかく今は彼の好きにさせてお手並み拝見し、途中でリードしてくれるようだった。

いつしか一樹はのしかかり、左右の乳首を交互に含んで舐め回し、さらに白く滑らかな肌を舐め下りていった。

舌先で臍《へそ》を探り、ピンと張り詰めた下腹に耳を当てると、心地よい弾力とともに微かな消化音が聞こえた。

この世のものならぬ妖しい美女でも、腹の中では消化吸収が行われているという、当たり前のことすら新鮮に感じられた。

一樹は股間に向かわず、肝心な部分は最後に取っておき、珠利の腰の丸みからスラリとした脚を舐め下りていった。

せっかく好きにして良いと言われたのだから、性急にならず隅々まで味わいたかったのだ。

脚は滑らかな舌触りで、脛《すね》もツルツルだった。

足首まで舐め下りると彼は足裏に回り込み、綺麗な踵から土踏まずに舌を這わせ、揃った足指の間に鼻を押し付けて嗅いだ。

指の股は生ぬるい汗と脂に湿り、蒸れた匂いが馥郁《ふくいく》と沁み付いて悩ましく鼻腔が刺激された。

充分に嗅いでから爪先にしゃぶり付き、順々に指の間に舌を割り込ませて味わうと、

「あう……、くすぐったいわ……。そんなところ舐める人初めて……」

珠利が脚を強ばらせ、呻きながら言ったが、拒みはしなかった。

一樹は、両足とも全ての指の股をしゃぶり、味と匂いを貪り尽くしてから顔を上げた。

「どうか、うつ伏せに」

言うと彼女も、素直にゴロリと寝返りを打ってくれた。

一樹は踵からアキレス腱、脹《ふく》ら脛《はぎ》から汗ばんだヒカガミ、張りのある太腿から尻の丸みをたどった。しかし、まだ尻の谷間は後回しだ。

腰から滑らかな背中を舐め上げていくと、ブラのホック痕には淡い汗の味が感じられた。長い黒髪を掻き分け、肩まで行って髪の匂いを嗅ぎ、耳の裏側の湿り気も嗅いで舌を這わせた。

「アア……、背中、感じるわ……」

珠利が顔を伏せて喘ぐ。背中は何のポイントもないが、丁寧に舐めれば感じるのだということを彼は学習した。

再び背中を舐め下り、たまに脇腹にも寄り道してから、再び尻に戻ってきた。

うつ伏せのまま股を開かせ、顔を寄せて指で谷間を広げると、可憐な薄桃色の蕾がひっそり閉じられていた。

鼻を埋め込んで嗅ぐと、顔中に弾力ある双丘が密着し、蕾には生ぬるく蒸れた匂いが籠もっていた。

湿った匂いを貪ってから舌を這わせ、細かに収縮する襞を濡らしてからヌルッと潜り込ませ、滑らかな粘膜を味わった。

「く……」

珠利が呻き、キュッと肛門で舌先を締め付けてきた。

一樹は舌を蠢《うごめ》かせたが、特に味は感じられない。出し入れさせるように動かすたび、可憐な収縮が続いた。

「じゃまた仰向けに」

ようやく顔を上げて言うと、珠利も再び寝返りを打ち、彼は片方の脚をくぐって股間に顔を寄せた。白くムッチリした内腿を舐めて割れ目に迫ると、

(とうとうここまで辿り着いたんだ……)

一樹は女体の神秘の部分を目の前にして、感激と興奮に包まれた。

丘にはふんわりと恥毛が煙り、割れ目からはみ出す花びらはヌラヌラと蜜に潤っていた。

震える指先を陰唇に当て、そっと左右に広げると、微かにクチュッと湿った音がして、中身が丸見えになった。

(なんて綺麗な……)

一樹は目を凝らし、ヌメヌメと蜜に潤う柔肉を見つめた。花弁状の膣口が濡れて息づき、ポツンとした小さな尿道口も確認できた。

そして包皮の下からは、小指の先ほどのクリトリスが光沢を放ってツンと突き立っていた。

もちろん彼は今までネットの裏画像などで女性器を見たことはあったが、やはり生身に迫って見るのは格別である。

「アア……」

股間に彼の熱い視線と息を感じ、珠利が小さく喘いだ。

もう一樹も堪《たま》らず、吸い寄せられるように顔を埋め込んでいった。

柔らかな茂みに鼻を埋め込み、擦り付けながら隅々に籠もった熱気と湿り気を嗅ぐと、甘ったるく蒸れた汗の匂いに、ほんのり残尿臭の刺激も混じって感じられた。

彼は匂いを貪りながら舌を這わせ、陰唇の内側に差し入れていくと、ヌメリは淡い酸味を含んで生温かかった。

膣口の襞をクチュクチュ掻き回し、滑らかな柔肉をたどってクリトリスまでゆっくり舐め上げていくと、

「アアッ……！」

珠利が熱く喘ぎ、内腿でキュッと彼の両頬を挟み付けてきた。

一樹がチロチロとクリトリスを舐め回すと、彼女の白い下腹がヒクヒクと波打ち、潤いが増してきた。

やはりクリトリスが最も感じるのだろう。珠利も間断なく熱い息遣いを繰り返し、クネクネと腰をよじらせた。

「も、もういいわ、いきそうだから……」

やがて珠利が言い、彼の顔を股間から追い出しにかかった。やはり舌で早々と果てるより、一つになる手ほどきを優先させてくれたようだ。

一樹も素直に股間から這い出して添い寝すると、入れ替わりに珠利が身を起こし、仰向けにさせた彼の股間に顔を寄せてきた。

「大きいわ。こんなに勃《た》って嬉しい……」

珠利が幹に触れながら言う。彼は初めて女性に触れられ、股間を見られて暴発しそうになってしまった。

「いい？　唾で濡らすだけだから漏らさないように我慢しなさい」

股間から珠利が言うなり、舌を伸ばしてきた。粘液の滲む尿道口をチロチロ舐め回し、張り詰めた亀頭をくわえると、そのままスッポリと喉の奥まで呑み込んでいった。

股間をサラリと長い髪が覆い、その中に熱い息が籠もった。

「ああ……」

一樹は快感に喘ぎ、暴発しないよう懸命に肛門を引き締めて堪《こら》えた。

珠利は幹を丸く締め付けて吸い、熱い鼻息で恥毛をそよがせながら、口の中ではクチュクチュと舌をからめてくれた。

たちまち彼自身は、美女の温かな唾液にまみれて震えた。

「い、いきそう……」

すっかり高まった彼が言うなり、珠利はスポンと口を引き離した。

「いいわ、じゃ入れるわね」

「どうか、上から跨いで入れて……」

言われて、一樹は仰向けのまま答えた。初体験は、美女にのしかかられ、下から顔を仰ぐのが願いだったのである。

すると彼女も身を起こして前進し、一樹の股間に跨がってきた。

珠利は唾液に濡れた幹に指を添え、先端に割れ目を押し付けると、位置を定めてゆっくり腰を沈ませていった。

たちまち、彼自身はヌルヌルッと滑らかに根元まで呑み込まれた。

「あう、気持ちいい、いく……！」

一樹は、挿入時の摩擦と締め付け、温もりと潤いに包まれた途端、声を上げてガクガクと昇り詰めてしまった。

「まあ、もう……？」

ぺたりと座り込んだ珠利が不満げに言い、密着した股間をなおもグリグリと動かしてくれた。一樹はあっという間に最後の一滴まで出し尽くし、グッタリと身を投げ出していった。

5

「いいわ、しばらくこうしていましょう」

珠利が言い、身を重ねてきた。

一樹は出し尽くした余韻に浸って荒い息遣いを繰り返した。収縮に刺激されると、入ったままのペニスがヒクヒクと過敏に震えた。

「中に出して大丈夫だった……？」

「ええ、ピル飲んでるから」

訊くと、彼女が答えた。

するとと珠利が顔を迫らせ、上からピッタリと唇を重ねてきたのだ。

思えば、これが彼にとってのファーストキスだった。

それにしても、互いに局部を舐め合い、初めての挿入射精をしてから、最後の最後でキス体験をするのも奇妙なものである。

一樹は徐々に呼吸を整えながら、密着する唇の弾力と唾液の湿り気を味わい、いつしか下から両手で彼女にしがみついていた。

触れ合ったままの唇が開くと舌が伸ばされ、彼が歯を開くとヌルッと奥まで侵入してきた。

チロチロと舌がからまり、珠利の熱い鼻息が彼の鼻腔を湿らせた。

美女の舌は生温かな唾液に濡れ、滑らかに蠢いて実に美味しかった。

「あ、回復してきたみたいね……」

珠利が口を離し、細く唾液の糸を引きながら囁いた。

確かに、彼女の舌を舐めているうち、膣内にあるペニスがムクムクと鎌首を持ち上げはじめてきたのである。

「つ、唾を飲ませて……」

囁くと、彼女も形良い唇をすぼめて迫り、白っぽく小泡の多い唾液をクチュッと垂らしてくれた。それを舌に受けて味わい、彼はうっとりと喉を潤して酔いしれた。

しかも珠利の吐き出す息が熱く湿り気を含み、シナモンに似た匂いが悩ましく鼻腔を刺激するのである。こんなに近くで美女の吐息を嗅ぐのも初めてで、彼はなんて良い匂いなのだろうと思った。

「どんどん硬くなってくるわ。初体験で抜かずの二発なんてすごいわ」

珠利が締め付けながら言い、徐々に腰を動かしはじめた。

一樹も両手を回しながら、合わせるようにズンズンと股間を突き上げた。

「膝を立てて。動きすぎると外れるから」

言われて、一樹も両膝を立てて彼女の蠢く尻を支えた。

次第に互いの動きがリズミカルに一致し、溢れる愛液で律動が滑らかになり、クチュクチュと湿った摩擦音も聞こえてきた。

「アア、いい気持ち……」

珠利も熱く息を弾ませ、締め付けと潤いを増していった。溢れた愛液が陰嚢の脇を伝い流れ、彼の肛門の方まで生ぬるく濡らしてきた。

仰向けになった彼の上から、珠利の両手両足がからまり、さらに長い髪も左右から流れて顔を覆った。まるで彼は、美しい妖怪に組み伏せられ、餌食になっているような気がした。

乳房が胸に押し付けられて心地よく弾み、恥毛が擦れ合い、動きに勢いが付くとコリコリする恥骨の膨らみまで伝わってきた。

「アア、いきそうよ。まだ我慢して……！」

珠利が熱く喘いで言い、動きを強めてきた。

彼も、射精したばかりだから暴発の心配もなさそうで、完全に勃起したまま懸命に股間を突き上げ続けた。

あまりの快感に動きが止まらなくなり、いよいよ彼も摩擦と収縮、珠利のかぐわしい吐息に高まってきた。

すると彼女も感極まったように、唾液に濡れた唇で彼の顔中にキスの雨を降らせてくれた。吐息の匂いと唾液のヌメリに包まれ、いよいよ二度目の絶頂が迫ってくる頃、

「い、いっちゃう、気持ちいい……、アアーッ……！」

珠利が声を上ずらせ、ガクガクと狂おしい痙攣を開始したのだ。

収縮が最高潮になり、どうやら完全にオルガスムスに達したようだ。

一樹も、彼女のかぐわしい口に鼻を押し付けて嗅ぎながら、たちまち二度目の絶頂に達してしまった。

「く……！」

立て続けの二度目とも思えない快感に呻き、ありったけの熱いザーメンをドクンドクンと勢いよくほとばしらせると、

「あう、感じる……！」

噴出を受け、珠利は駄目押しの快感を得たように呻いた。

一樹は快感に酔いしれ、心置きなく最後の一滴まで出し尽くすと、すっかり満足しながら突き上げを弱めていった。

「ああ……」

すると珠利も声を洩らし、肌の硬直を解きながら力を抜き、グッタリともたれかかってきた。まだ膣内がキュッキュッと締まり、過敏になった幹がヒクヒクと内部で跳ね上がった。

「あう……」

彼女も敏感になっているように呻き、キュッときつく締め上げた。

やがて互いの動きが完全に停まると、彼は珠利のシナモン臭の吐息を間近に嗅ぎながら、うっとりと快感の余韻に浸り込んでいった。

「思っていたより、ずっと良かったわ……。前戯も丁寧だったし……。それで、どうだった？　初体験の感想は……」

珠利が重なったまま囁く。

「うん、すごく良かった……。一度目は勿体なかったけど、二度目もすごく大きな快感だったから……」

「そう」

「もし高校時代、求めたらさせてくれた？」

「ええ、もちろん。君なら、いつでも言ってくれれば応じたのに」

「わあ、それは勿体ない。あの頃に言えば良かった……」

「でも、今が気持ち良かったのだから、それで良いでしょう？」

言われて、一樹も素直にこっくりした。

とにかく、大きな快感とともに初体験を終え、童貞を卒業したのだという感激に、いつまでも彼の動悸が治まらなかった。

ようやく呼吸を整えると、珠利がそろそろと身を起こした。

そして枕元のティッシュを取り、引き離した股間に当てて割れ目を拭きながら屈み込んで、愛液とザーメンに濡れた亀頭をしゃぶってくれた。

「あう……」

唐突な快感に一樹は呻き、それでも、もう過敏な時期は終わったので、新たな刺激に回復しそうになってしまった。

しかし珠利は舌で綺麗にすると、ティッシュでペニスを包み込んで優しく拭いてくれた。

自分で空《むな》しく処理するオナニーと違い、相手がいるとじっとしていても綺麗にしてくれることが何より贅沢な幸せに思えた。

「じゃシャワー浴びるのでタオル貸してね」

珠利は言ってベッドを下り、脱いだものを持ってバスルームへ行った。

一緒に浴びたかったが、何しろ感激と興奮の余韻で起き上がれない。

彼はバスルームからのシャワーの音を聞きながら、いつまでも身を投げ出していた。

まだ全身の隅々に、珠利の感触や匂いが残っているようだ。

やがてシャワーの音が止まり、珠利が身繕いをして出て来た。

彼もやっと身を起こして入れ替わりにバスルームに入ると、中には珠利の匂いが残っていた。

全身を流して股間も洗い、やがて彼女が使って少し湿ったバスタオルで身体を拭くと、部屋に戻って服を着た。

「じゃ私は帰るので、明日の昼過ぎにでもラインするわね」

「本当に、先生の部屋にカメラの設置を……?」

「ええ、任せて。じゃ明日」

珠利は言い、回復しそうな彼を置いてあっさりと帰ってしまった。

一樹は初体験の余韻に浸り、思い出しながらのオナニー衝動に駆られたが、明日もまた会えるのだからと我慢した。

そして冷凍食品のピラフで昼食を終えると、何とか大学へ行って午後の講義に出席し、夕方に帰宅したのだった。

やはり講義中も、珠利の肢体がちらついて集中できなかった。

まだ上の芙美子は帰っていないようだ。

一樹はレトルトライスと冷凍ハンバーグ、野菜炒めで夕食を済ませた。

人と会ったとき以外、一人でアルコールを嗜《たしな》む習慣はない。

そして少しネットを見てから寝ることにした。スマホを見ても、特に誰からもラインは入っていない。

横になって思うのは、やはり初体験のことばかりで、明日は珠利とあれをしよう、これを頼んでみようなどと思っているうち、オナニーを我慢するまでもなく彼は深い睡《ねむ》りに落ちていったのだった。

第二章　妖しき窃視の快楽

1

「ふうん、先生はこれでオナニーしているのね……」

芙美子の部屋に入った珠利が、ベッドの引き出しを開いて言う。

翌日の昼休み、珠利は大学を抜け出して一樹の部屋に来て、そして一緒に二階の芙美子の部屋に忍び込んだのである。

珠利が一緒だと心強いが、それでも彼の緊張は激しかった。

何と言っても、主の留守中に合い鍵で入るという犯罪を犯しているのである。

しかし珠利は、実に落ち着いたものだった。

午前中に秋葉原で買ったらしい超小型カメラを、彼女は寝室の壁掛けテレビの下に手際よく設置したのである。

実際ベッドに寝て見ても、そんなものが仕掛けられているなど誰も気づかないだろう。

「見て、あのマンションの五階が私の部屋」

寝室の窓から珠利が外を指して言う。見ると、確かにあのマンションから、双眼鏡を使えばこちらの様子が手に取るように分かるだろう。

「昨夜観察したところ、芙美子先生の消灯は、ほぼ十一時。オナニーも寝しなのルーチンになるほど習慣化しているなら、今夜もその頃するでしょうね」

珠利は、バイブを元に戻し、引き出しを閉めて言う。

「じゃ、君の部屋で映像を確認しましょう」

彼女が言い、二人は侵入した痕跡がないか確認してから、芙美子の部屋を出ると、施錠して一階へ行った。珠利がいるので、洗濯機の中の下着などは確認できなかった。

芙美子の部屋を出ると、一気に緊張が解けた一樹は激しく勃起してきた。これからまた珠利と出来るという期待が湧いた。

一樹の部屋に入ると、珠利は彼のパソコンを起動し、モニターに映像を映し出した。確かに、芙美子のベッドが見えているが、動くものがないので静かな風景である。

「カメラの内蔵電池が切れても、いつでも忍び込めるから充電できるわね」

珠利は言い、DVDへの録画セットの段取りを彼に説明してくれてから、パソコンのスイッチを切った。

これで、あとは夜に芙美子がオナニーするときに起動すれば良いだけだ。

そうなると、一樹は激しく勃起し、甘い匂いの漂う珠利に迫ってしまった。

「ねえ……」

「ダメ、今日は午後から大事な講義があるの」

しなだれかかろうとすると、珠利が答えてバッグを手にした。

「そ、そんなあ……」

「夜に来るわ。夕食を済ませて待ってて」

情けない声を出す彼に言い、珠利はさっさと玄関に向かってしまった。

仕方なく一樹も、夜を楽しみにして彼女を送り出した。そして彼も何とか大学へ行き、集中に努めて講義に出席したのだった。

夕方帰宅すると、一樹は買ってきた総菜で夕食を済ませ、珠利が来る前にシャワーと歯磨きを済ませておいた。

モニターを見てみたが、まだ芙美子は帰っておらず、寝室は暗いままだった。

いったんスイッチを切り、時間つぶしにリビングでテレビを観ていたが、やはり心は興奮で一杯だった。

芙美子のオナニー姿を見たいという欲望と、一緒に見ながら珠利と戯れられるという期待に、股間は熱くなりっぱなしだった。

(そうだ、僕の部屋にも小型カメラを付ければ、珠利さんとの姿を隠し撮り出来るな……)

ふと一樹は思った。

本棚や机の下など、設置できる場所はいくらでもある。

やはり、まだ女性体験が浅すぎるから、気負いや緊張を伴いながら生身にあれこれすることよりも、あとから映像を見てオナニーすることの方に気持ちが行ってしまうのである。

それだけ、今までオナニーライフ一筋だったのだ。

やがて芙美子も帰宅したようで、上から微かな物音が聞こえた。

彼は再び部屋に行ってモニターを点《っ》けてみたが、もう着替えは終わったようで寝室の灯りは消され、僅かにリビングから洩れる光にベッドが薄く照らされているだけだった。

そうして時間を過ごすうち、十時を回った頃に珠利が来てくれた。

夕方に大学を引けて自宅に戻り、親と夕食してから出かけてきたのだろう。案外放任で、夜でも気ままに出られるらしい。

「先生、帰っているようね」

「うん、あとは今夜ちゃんとオナニーするかどうかだけど」

二人で彼の部屋に入って言い、一樹はパソコンとモニターを起動した。すると、意外に早く芙美子の姿が映し出されたのだ。

もう風呂も終えたようにパジャマ姿で、リビングの灯りは消したようだ。

芙美子は寝室のテレビを点けると、メガネを外し、たちまちパジャマを脱ぎ去り全裸になったのである。

「うわ……」

一樹はドキリと胸を高鳴らせて声を洩らした。椅子に掛け、画面を見つめる彼の背後から、珠利もピッタリと寄り添って一緒に見た。

「綺麗な顔だわ。メガネじゃなくコンタクトにすればいいのに」

「いや、メガネがいいんだよ、先生は」

一樹は、肩越しに感じる珠利の吐息を感じながら答えた。夕食後にそのままなのか、シナモン臭が悩ましく濃くなっている。

やがて芙美子は寝室の灯りも消して、全裸でベッドに仰向けになった。

テレビが点いているので、薄明るく彼女の肢体が見える。乳房は意外に豊かに息づき、股間の翳《かげ》りは淡い方だ。

ニュースを流しているのは、誰にも聞こえないだろうに、オナニーの声やバイブの振動音を紛らすためだろう。

芙美子は自ら乳房を揉みしだき、股間にも指を這わせはじめた。画面のこちらに向けて股を開いているので、テレビの灯りを反射して割れ目が濡れているのも分かった。

やがて充分に濡れてくると、芙美子はいったん股間から手を離し、引き出しを開けて二種類の器具を取り出した。

そしてローションのチューブを出して楕円形のローターに塗り付けると、大胆にも両脚を浮かせて肛門に押し当てたのである。

「す、すごい……」

一樹は強烈な画面と、背後からの珠利の吐息を嗅ぎながら痛いほど股間を突っ張らせた。珠利も彼の肩にしがみつき、背にグイグイと胸の膨らみを密着させながら目を凝らしていた。

ローターはすぐ潜り込んで見えなくなり、あとはレモンの先のように僅かに突き出た肛門からコードが伸びているだけだ。

芙美子は電池ボックスのスイッチを入れると、

「アア……」

内部からの振動に声を洩らした。

さらにペニス型のバイブを手にし、先端を割れ目に擦り付けてから、ゆっくり膣に挿入していったのである。

「前後で感じたいのね……」

珠利が囁き、芙美子も深々とバイブを押し込み、スイッチを入れながら根元を握り、小刻みに出し入れを開始したのだ。

ニュースの声に混じり、クチュクチュいう摩擦音が微かに聞こえ、二種類のバイブの音も聞き取ることが出来た。

そして何より、芙美子の喘ぎ声が次第に激しくなっていったのである。

「ああ……、いい気持ち……」

芙美子は顔を仰《の》け反《ぞ》らせ、もう片方の手で乳房を揉みしだき、乳首を摘んで動かしながら、全身で感じていた。

出し入れさせるたび、攪拌されて白っぽく濁った愛液が溢れ、肛門の方にまで伝い流れた。

あの清楚な女教師の内部には、激しい快楽への渇望が秘められていたのだ。

高まりは早く、そう長い時間もかからずにフィニッシュが迎えられた。

「い、いく……！」

芙美子がガクガクと痙攣しながら口走り、さらに、

「松江君……！」

そう叫びながらオルガスムスを噛み締めたのだった。

一樹は驚きのあまり硬直し、一瞬背後にいる珠利を忘れて歓喜に包まれた。

「良かったわね。近々実際に出来るわ」

珠利は嫉妬するでもなく、彼の耳元で囁いた。

芙美子は動きを停め、ヒクヒクと身を震わせながら余韻に浸り込んだ。

そしてスイッチを切ったバイブを引き抜いて、ローターのスイッチも切って、しばし気怠《けだる》げに身を投げ出し、荒い呼吸を繰り返していた。

やがて芙美子はコードを摑むと、そろそろと肛門に入っていたローターを引き出していったのだった。

2

「コードが切れたら大変だわ。そうしたら、急いで助けに行ってあげて」

珠利が冗談めかして囁いたが、芙美子は難なく肛門からローターを引き抜き、見ていた一樹までほっと溜息をついた。

そして芙美子は、ティッシュで割れ目を拭い、バイブとローターの掃除は明日にするのか枕元に置いたまま、布団を掛けてテレビを消した。

もう今夜は、パジャマに着替える余裕もなく、このまま眠りたいほど快楽が大きかったのかも知れない。

すると珠利が手を伸ばしてモニターを切り、

「ちゃんと録画出来ているわ」

確認だけして彼の背から離れた。

「すごかったわね。まさか、君の名を呼ぶなんていうオマケまであるなんて。きっと上と下に住むようになって、親しみも増しているんだわ」

珠利も興奮冷めやらず、頬を上気させて言った。

やがて一樹は立ち上がり、服を脱いでベッドに行った。すると心得たように、珠利も手早く全裸になって横になってくれた。

「すごい勃ってる……。いいわ、私を先生だと思って抱いても」

「ううん、珠利先輩を抱きたいんだよ」

言われて、一樹は芙美子に名を呼ばれた悦びを心の奥に押し込めて答え、身を投げ出した珠利に迫った。

すると珠利が彼の下半身を引き寄せ、

「最初にしゃぶらせて……」

言いながらペニスに顔を寄せてきた。彼女も芙美子のオナニーを見て、相当に興奮を高めているのだろう。

張り詰めた亀頭をくわえて舌を這わせ、深く含んで吸い付きながら彼の股間に熱い息を籠もらせた。

「アア、気持ちいい……」

一樹は快感に喘ぎ、彼女の口の中で唾液にまみれた幹を震わせた。

今にも暴発しそうだが、今夜は何回でも回復できるだろう。

しかし珠利は唾液に濡らしただけで口を離し、仰向けになった。

彼は、まず足首を摑んで浮かせ、珠利の足裏に舌を這わせ、指の間に鼻を割り込ませて嗅いだ。

「あう、そんなところから……？」

珠利が呻いたが、もちろん拒みはしない。

しかも彼女は一度家へ戻ったときも入浴していないようで、指の股はムレムレの匂いが濃厚に沁み付いて、その刺激が彼の胸からペニスに心地よく伝わっていった。

彼は蒸れた匂いを貪ってから爪先をしゃぶり、両足とも全ての指の股を舐め、味と匂いを吸収し尽くした。そして股を開かせ、脚の内側を舐め上げ、ムッチリした内腿を通過して割れ目に迫った。

すでに陰唇は大量の愛液にまみれ、一樹は熱気と湿り気の籠もる股間に顔を埋め込んでいった。

柔らかな恥毛に鼻を擦りつけ、蒸れた汗とオシッコの匂いを貪りながら舌を挿し入れると、淡い酸味を含んだヌメリが迎えた。

息づく膣口を舐め回して潤いをすすり、突き立ったクリトリスまで舐め上げていくと、

「アア……、いい気持ち……！」

珠利が顔を仰け反らせて喘ぎ、内腿できつく彼の顔を挟み付けた。

一樹は匂いに噎せ返りながら執拗にクリトリスを舐めては、泉のように溢れる愛液を舌で掬《すく》い取った。

さらに彼女の両脚を浮かせ、尻の谷間に鼻を埋め、蕾に籠もった蒸れた微香を嗅ぎ、舌を這わせてヌルッと潜り込ませた。

「あう、変な気持ち……」

珠利が肛門で舌を締め付けながら呻いた。

あるいは芙美子のように、ローターを入れたらどんな感じがするのか想像しているのかも知れない。

一樹は舌を蠢かせ、滑らかな粘膜を探ってから、ようやく顔を上げて彼女の脚を下ろした。

「ね、今日は正常位で入れて……」

珠利が股を開いて言う。

一樹も股間を進め、急角度にそそり立った幹に指を添えて下向きにさせ、先端を割れ目に擦り付けてヌメリを与えてから、何とか見当を付けて膣口に押し込むことが出来た。

ヌルヌルッと滑らかに根元まで挿入すると、

「アア……、いいわ……」

珠利が身を弓なりに反らせて喘ぎ、両手を伸ばして彼を抱き寄せた。

一樹も股間を密着させながら、脚を伸ばして身を重ね、まだ動かずに膣内の温もりと感触を味わった。

そして屈み込み、左右の乳首を含んで舐め回すと、もちろん腕を差し上げて汗ばんだ腋の下にも鼻を埋め込んで嗅いだ。

「いい匂い……」

「嘘よ、今日は相当汗臭いはずよ……」

うっとりと酔いしれながら言うと、珠利が答えた。確かに昼間は家宅侵入をして、一日中汗ばんでいたのかも知れない。

充分に嗅いでから首筋を舐め上げ、上からピッタリと唇を重ねていくと、

「ンン……」

珠利も熱く鼻を鳴らし、チロチロと舌をからめてくれた。

すると待ち切れないように、彼女が下からズンズンと股間を突き上げはじめたのだ。

一樹も合わせてぎこちなく腰を遣ったが、すぐにも快感に動きが一致しリズミカルに律動できるようになっていった。

熱く濡れた肉襞の摩擦が何とも心地よく、収縮で急激に絶頂を迫らせた。

しかし女上位で翻弄されるのと違い、自分が上だと勝手に動け、危うくなると弱めたりして調節することを覚えた。

そのうちに彼女が激しく高まってきたようだ。

「い、いっちゃう……、アアーッ……！」

珠利が声を上げ、ガクガクと狂おしいオルガスムスの痙攣を開始した。

粗相したように大量の愛液が溢れ、互いの股間がビショビショになり、急激に増した収縮に巻き込まれ、続いて一樹も昇り詰めてしまった。

「く……！」

絶頂の快感に短く呻くと同時に、熱い大量のザーメンがドクンドクンと勢いよく内部にほとばしった。

噴出を感じた珠利が呻き、彼を乗せたままブリッジするように激しく腰を跳ね上げた。

「あう、もっと……！」

一樹は暴れ馬にしがみつく思いで、必死に抜けないよう動きを合わせ、最後の一滴まで出し尽くしていった。

やがて彼は満足しながら徐々に動きを弱め、珠利に体重を預けていった。

彼女には悪いが、激情が去っても芙美子の言葉を思い出すと、言いようのない幸福感が全身を包み込んだ。

「ああ……、良かったわ……」

珠利も強ばりを解いて満足げに声を洩らし、それでも膣内の収縮はまだ続いていた。

刺激された幹が中で過敏にヒクヒクと震え、一樹は彼女の喘ぐ口に鼻を押し込み、濃厚なシナモン臭の吐息を胸いっぱいに嗅ぎながら、うっとりと快感の余韻を味わったのだった。

「上手よ。これなら、もう誰としても悦ばせられるわ……」

珠利が言い、あまり長く乗っているのも悪いので、やがて一樹も身を起こして
そろそろと股間を引き離した。

そしてティッシュに手を伸ばしたが、

「このまま、すぐバスルームへ行きましょう」

珠利が言って起き上がったので、彼も一緒にベッドを下りてバスルームへと移
動した。

シャワーの湯を浴びて股間を洗うと、すぐにも彼自身はムクムクと回復してい
った。

「すごいわ。まだ足りないのね。帰ろうと思ったのに……」

それを見た珠利が言い、指先でピンと亀頭を弾いた。

「あう……」

「もう私は充分だから、まだ射精したいのなら、お口に出していいわ」

「本当……？」

その言葉だけで、彼自身はピンピンに回復し、元の硬さと大きさに戻ってしま
ったのだった。

だが、その前にしたいことがあるので、彼はバスルームの床に腰を下ろし、目の前に珠利を立たせ、片方の足を浮かせてバスタブのふちに乗せた。

そして開いた股間に顔を埋めたが、もう大部分の匂いは薄れてしまっていた。

3

「どうするの……？」

「このままオシッコ出してみて」

珠利に訊かれ、一樹は恥ずかしいのを我慢して答えた。これも前からの願望なのである。

「いいの？　出るけど顔にかかるわよ……」

珠利は言い、下腹に力を入れて尿意を高めはじめてくれた。彼女はためらいや羞恥心よりも、好奇心を優先させるタイプなのだ。

割れ目を舐めていると、急に奥の柔肉が迫《せ》り出すように盛り上がり、味わいと温もりが微妙に変化した。

「あう、出るわ……」

珠利が言うなり、チョロチョロと熱い流れがほとばしってきた。

それを一樹は舌に受け、匂いと温もりを味わいながら恐る恐る少しだけ喉に流し込んでみた。

味も匂いも淡く、薄めた桜湯のように実に清らかだった。

「ああ、飲んでるの……？」

喉の鳴る音を聞いて珠利が喘ぎ、勢いを付けて放尿を続けてくれた。

口から溢れた分が温かく肌を伝い流れ、すっかり回復したペニスが心地よく浸された。

やがて勢いが衰え、間もなく流れが治まってしまうと、彼は残り香の中で余りの雫をすすり、割れ目内部に舌を這い回らせた。

たちまち新たな愛液が溢れ、残尿を洗い流すように淡い酸味のヌメリが満ちていった。

「あう、もうダメ……」

珠利が言って足を下ろし、彼の顔を股間から突き放すと椅子に座り込んでしまった。そして二人でもう一度シャワーを浴び、身体を拭いて全裸のまま部屋のベッドに戻ったのだった。

「さあ、じゃお口でしてあげるわ」

「そ、その前に、いきそうになるまで指でして……」

添い寝した珠利が言うと、彼は答えながら腕枕してもらい、まずは指でしごいてもらった。

「このぐらいの強さでいい？」

「うん、気持ちいい……」

珠利がリズミカルに幹を揉みながら言い、彼はうっとりと喘いだ。

「唾を出して……」

せがむと、すぐに珠利も形良い唇をすぼめ、指を動かしながらトロトロと唾液を吐き出してくれた。彼は舌に受けて味わい、生温かく小泡の多い唾液で喉を潤すと、甘美な悦びが胸に広がって快感が増した。

さらに彼女の開いた口に鼻を押し込み、熱く湿り気ある吐息を嗅いだ。濃厚なシナモン臭に、夕食の名残らしく微かなオニオン臭が混じって鼻腔の天井が悩ましく刺激された。

「いい匂い……」

「嘘、夕食のあとそのままよ」

「刺激がちょうどいい……」

一樹が嗅ぎながら酔いしれると、珠利も恥ずかしがらず熱い息を吐きかけてくれた。手のひらの中で勃起と幹の震えが増し、本当に彼が悦んでいるのが分かるのだろう。

「芙美子先生の息は嗅いだことある？」

「ない、そんなに近づいて話したことはないから……」

「そう、きっと間もなく好きに出来るわ」

珠利が言い、指の動きを激しくさせると、

「い、いきそう……」

彼も急激に絶頂を迫らせて言った。

するとすぐに珠利もすぐに指を離して移動し、大股開きにさせた彼の股間に腹這いになった。

そして彼の両脚を浮かせ、尻の谷間を舐めてくれたのである。

「あう……！」

一樹は妖しい快感に呻いた。珠利も厭《いと》わずチロチロと肛門を舐めて濡らし、熱い鼻息で陰嚢をくすぐった。

そして自分がされたように、ヌルッと潜り込ませてくれた。

「く……！」

一樹は呻き、モグモグと味わうように美女の舌先を肛門で締め付けた。

珠利が内部で舌を蠢かすと、内側から刺激されるように幹がヒクヒクと上下して粘液が滲んだ。

ようやく舌が引き離されると彼女は一樹の脚を下ろし、鼻先にある陰嚢にしゃぶり付いた。二つの睾丸を転がし、袋全体が生温かな唾液にまみれると、彼は陰嚢も充分過ぎるほど感じることを知った。

やがて珠利は前進し、肉棒の裏側をゆっくり舐め上げ、先端まで来ると幹を指で支え、粘液の滲む尿道口を念入りに舐め回した。

湿った長い髪が股間を覆い、中に熱い息が籠もった。さらに彼女は張りつめた亀頭をしゃぶり、そのままスッポリと喉の奥まで呑み込んできた。

「ああ、気持ちいい……」

一樹は熱く濡れた口の中で、快感に幹を震わせて喘いだ。

珠利も付け根近い部分の幹を丸く締め付けて吸い、クチュクチュと執拗に舌をからめてくれた。

彼は快感に任せ、ズンズンと股間を突き上げはじめた。

「ンン……」

喉の奥を突かれた珠利が小さく声を洩らし、たっぷりと唾液を出しながら自分も顔を上下させ、スポスポと強烈な摩擦を開始してくれたのだ。同時に熱い息が股間に籠もり、舌の蠢きも続いていた。

もう限界である。

「い、いく……！」

一樹は口走り、大きな絶頂の快感に全身を貫かれながら、ありったけの熱いザーメンをドクンドクンと勢いよくほとばしらせた。

「ク……」

喉の奥を直撃された珠利が小さく呻き、それでも摩擦と舌の蠢きは続けてくれた。さらにチューッと強く吸い付くものだから、ドクドクと脈打つリズムが無視され、陰嚢から直に吸い出されるような快感に包まれた。

「あう、すごい……」

一樹は激しすぎる快感に呻き、何やらペニスがストローと化したようで、身を反らせて硬直した。

だから美女の口を汚したというよりも、彼女の意思で吸い出される感覚が大きかった。やがて一樹は、魂まで吸い取られる心地で、心置きなく最後の一滴まで出し尽くしてしまった。

「ああ……」

力尽き、彼は声を洩らしながらグッタリと身を投げ出した。

ようやく珠利も動きを停め、亀頭を含んだまま口に溜まったザーメンをゴクリと飲み干してくれたのだ。

「あう、気持ちいい……」

喉が鳴ると同時に口腔がキュッと締まり、彼は駄目押しの快感に呻いた。

やっと珠利が口を離すと、なおも余りを絞るように指で幹をしごき、尿道口に脹らむ白濁の雫までペロペロと丁寧に舐め取ってくれたのだった。

「も、もういい、有難う……」

一樹は降参するようにクネクネと腰をよじり、過敏にヒクヒクと幹を震わせながら言った。

珠利も舌を引っ込め、チロリと舌なめずりしながら身を起こした。

「二回目なのに濃くて多いわ。じゃ私は帰るわね」

彼女が言ってベッドを下りると、手早く身繕いをした。一樹は荒い呼吸を繰り返し、いつまでも激しい動悸を感じながら余韻を味わった。

「お、送っていくので……」

「大丈夫、明るい道ばかりだから。それより今は動きたくないでしょう」

珠利は言い、部屋の出口で振り返った。

「私、明日から忙しいのでしばらく来られないわ。明日にでも桃香を来させましょうか」

「ほ、本当？」

「ええ、再会してから気になるようで、かなり会いたがってるみたい。明日の午後でも空いてるならラインしておくわ。私のあげたピルも飲んでるから」

一樹が横になったまま答えると、特に嫉妬する様子もなく、珠利は笑顔で頷くと、そのままマンションを出ていってしまった。

「お、お願いします……」

そして呼吸を整えると、ようやく一樹はベッドを下りて玄関を施錠した。

戻ってまた横になり、珠利とのことや芙美子の濃厚なオナニー映像、さらには明日に桃香と出来るかも知れないという期待に胸を膨らませた。

本当なら、もう一度芙美子の映像を見ながらオナニーしたいところだが、明日も良いことがありそうなので我慢した。

そして一樹は、そのまま心地よい睡りに落ちていったのだった。

4

「男の人の家に来るの初めて。いいお部屋だわ」

翌日の午後、桃香が一樹の部屋に入って言った。

さすがに緊張気味なのか彼女の表情は硬いが、愛くるしい笑窪と八重歯に一樹は股間を熱くさせてしまった。

今日は午前中、何とか大学へ行って講義を済ませ、帰宅して昼食後に歯磨きとシャワーは終えていた。

桃香は、女子大の学食で昼食を終え、そのまま来たらしい。

彼女の家は市内の一軒家で、親と一緒に住んでいる。

「珠利さんから、何か聞いている？」

一樹は、彼と珠利の関係や二階のことなど聞いていないか気になった。

「いいえ、今日の午後、松江さんが家にいるというので行ってみたらってラインが来ただけです。それより、松江さんこそ、何か私のことで珠利さんから聞いていませんか？」

桃香が可憐な顔で訊いてきた。彼女は椅子に座らせ、一樹はベッドの端に腰掛けていた。

実は、昨日思い付いたことだが、この部屋に盗撮用のカメラをベッドに向けて机の下に設置しているのだった。

彼女が来た途端に、すでにスイッチは入れてある。

「うん、女同士で戯れた話を、少しだけ聞いちゃったんだ」

「そ、そうですか……、珠利さんは両刀だから……」

言うと、桃香はモジモジと頬を染めて答えた。思春期の甘ったるい匂いが、生ぬるく新鮮に室内に籠もりはじめている。

「どんなことをしてみたの？」

一樹は、すでに痛いほど股間を突っ張らせながら訊いた。

「キスしたり、抱き合ったり……」

「裸にもなった？」

訊くと、桃香も小さくこっくりした。

「じゃ、アソコも見せたり舐めたり？」

「ええ、少しだけ。恥ずかしかったけど……」

桃香の甘い匂いが濃く漂った。

「そう、じゃ嫌じゃなく、気持ち良いのも知ってるんだね。それで男とは？」

「まだ体験してません……」

桃香が答えた。やはり正真正銘の処女らしく、一樹も激しい興奮と欲望に我慢出来なくなってきた。

「僕としてみる？」

「私のこと、好きですか……？」

思いきって言うと、桃香は目を上げて訊いてきた。

「うん、もちろん。高校時代からいちばん可愛いと思っていたし、先日の再会も嬉しかったから」

「それなら……」

桃香が頷いて答えたので、一樹も立ち上がって彼女に迫った。

そして両手で彼女の頰を挟み、顔を寄せて唇を重ねてしまった。

「ンン……」

桃香が小さく呻き、長い睫毛を伏せた。

美少女のぷっくりした唇はグミ感覚の弾力があり、唾液の湿り気が可愛らしかった。

間近で見る頬は彼女の名の通り新鮮な水蜜桃のように産毛が輝き、熱い鼻息が彼の鼻腔を心地よく湿らせた。

やはり珠利との初体験のように、最後の最後でキスするより、処女相手なのだから最初に男とのファーストキスを体験させるべきだろう。

そろそろと舌を挿し入れ、滑らかな歯並びを左右にたどり、ピンクの歯茎まで舐め回すと、桃香の歯も開かれて侵入が許された。

間から舌を潜り込ませ、舌を触れ合わせると微かにビクッと奥へ避難しそうになったが、すぐに好奇心が湧いたようにチロチロと蠢かせてくれた。

生温かな唾液に濡れた滑らかな舌は実に美味しく、嚙み切って食べてしまいたい衝動にさえ駆られた。

一樹は執拗に舌をからめながら、ブラウスの脹らんだ胸にタッチし、優しく揉みしだいた。

「ああ……」

するとと桃香が口を離して熱く喘ぎ、美少女の吐息は、やはりその名の通り桃の実でも食べたばかりのように甘酸っぱい芳香が感じられた。

一樹は、いつまでも嗅いでいたい気持ちを抑えながら身を離し、

「じゃ脱ごうね」

囁きながらブラウスのボタンを外していった。

「あの、シャワーを……」

「いいよ、そのままで。桃香ちゃんの匂いも知りたいので」

モジモジと言う桃香に答え、なおも脱がせていくと、

「だって、ゆうべお風呂入ったきりで、今日は朝から動き回っていたから……」

彼女は軽く嫌々をして答えた。

一樹はもう一度唇を重ね、果実臭の息を嗅ぎながらボタンを外し終えると、とうとう彼女も諦めたように、あとは自分で脱ぎはじめてくれた。

唇を離すと、彼も手早く全裸になってベッドに横になると、桃香も全て脱いでくれ、一糸まとわぬ姿で胸を隠しながら添い寝してきた。

見ると、乳房は意外に豊かだが、さすがに乳首と乳輪は初々しい桃色だった。

「ああ、嬉しい……」

一樹は激しく勃起しながら言い、覆いかぶさってチュッと乳首に吸い付き、舌を這わせながらもう片方も指で探った。

「アア……」

桃香が声を洩らし、ビクッと反応すると、さらに濃厚に甘ったるい匂いが揺らめいた。

一樹は、チラと机の下の盗撮カメラを確認してから、美少女の左右の乳首を含んで舐め回し、腕を差し上げてジットリ湿った腋の下にも鼻を埋め、可愛らしい汗の匂いで胸を満たした。

「あう……」

嗅ぎながら舌を這わせると、桃香が呻き、くすぐったそうにクネクネと身をよじった。さらに彼は無垢で滑らかな肌を舐め下り、愛らしい縦長の臍を探ると、張り詰めた下腹に顔を埋めて弾力を味わった。

股間の若草は楚々として、ほんのひとつまみほど恥ずかしげに煙っているだけだ。しかし股間は最後に取っておき、彼は桃香の腰から、ムチムチと健康的な脚を舐め下りていった。

やはり脛もスベスベで、彼は足裏にも舌を這わせ、縮こまった指の間に鼻を押し付けて嗅いだ。

「あう、ダメです……」

桃香が呻き、足を引っ込めようとしたが朦朧として力が入らないようだ。

一樹は蒸れた匂いを貪り、爪先にしゃぶり付いて汗と脂に湿った指の股に舌を割り込ませて味わった。

「アアッ……、き、汚いですから……」

桃香がもがいて言うが、彼は両足ともしゃぶり尽くし、全ての指の股の味と匂いを貪ってしまった。

そして股を開かせ、脚の内側を舐め上げていった。

白くムッチリした内腿を舌でたどり、処女の股間に迫った。

ぷっくりした丘に恥毛が煙り、丸みを帯びた割れ目の間からピンクの花びらが覗いていた。そっと指を当てて左右に広げると、綺麗な柔肉は蜜にヌラヌラと潤っている。

無垢な膣口はひっそりと息づき、もちろんバイブ体験もなく、せいぜい珠利の指が入った程度であろう。

包皮の下からは小粒のクリトリスが顔を覗かせ、彼は何とも清らかな眺めに見惚れた。アップで撮りたいところだが、そうもいかず、やがて彼は顔を埋め込んでいった。

柔らかな若草に鼻を擦りつけて嗅ぐと、生ぬるく蒸れた汗とオシッコの匂いに混じり、処女の恥垢成分か、ほのかなチーズ臭も感じられた。

「いい匂い……」

胸を満たしながら思わず言うと、

「あう！」

桃香が呻き、内腿でキュッときつく彼の顔を挟み付けてきた。

一樹はもがく腰を抱え込んで押さえ、匂いに酔いしれながらチロチロとクリトリスを舐め回しては、次第にトロトロと溢れてくる蜜をすすった。

桃香は両手で顔を押さえ、懸命に喘ぎを堪えながら下腹をヒクつかせていた。

さらに彼は桃香の両脚を浮かせ、白く丸い尻の谷間に迫った。

薄桃色の蕾がひっそり閉じられ、鼻を埋めて嗅ぐと蒸れた匂いが感じられ、弾力ある双丘が顔中に密着した。

舌を這わせて襞を濡らし、ヌルッと潜り込ませて滑らかな粘膜を探ると、

「く……、い、いけません……」

桃香が呻き、キュッときつく肛門で舌先を締め付けてきた。

一樹が舌を蠢かせると、いつしか割れ目は愛液が大洪水になっていた。かなり愛液の多いたちなのかも知れない。

もう我慢出来ず、彼は身を起こすと股間を進め、先端を割れ目に擦り付けてヌメリを与え、ゆっくりと処女の膣口にあてがった。

5

「いい……？」

訊くと、桃香が小さく頷き、そのまま一樹は押し込んでいった。

張り詰めた亀頭が潜り込むと、処女膜が丸く押し広がって受け入れ、あとは潤いに任せてヌルヌルッと根元まで挿入してしまった。

珠利の手ほどきがなかったら、処女相手にこんなにすんなり一つにはなれなかっただろう。

「あう……！」

桃香が眉をひそめて呻き、一樹は熱いほどの温もりときつい締め付けを感じながら股間を密着させた。

じっとしていても、収縮と締め付けに高まり、彼は脚を伸ばして身を重ねていった。胸で乳房を押しつぶすと、桃香も下から必死に両手を回してしがみついてきた。

「大丈夫？」

「はい、平気です。どうか最後まで……」

囁くと、来るときから覚悟していたようで、桃香は健気に答えた。

一樹も彼女の肩に腕を回して体の前面を密着させ、様子を見ながら小刻みに腰を突き動かしはじめた。

「く……」

「無理だったら止《よ》すから言うんだよ」

「大丈夫です……」

桃香がシッカリと両手を回しながら答え、彼も徐々に動きを速めていった。

あまりの快感に腰が止まらなくなってしまったが、潤いも豊富なので、すぐにも律動が滑らかになってきた。

クチュクチュと微かな摩擦音が聞こえ、次第に彼女も破瓜《はか》の痛みが麻痺してきたようだった。

たちまち彼は高まり、桃香の喘ぐ口に鼻を押し込み、甘酸っぱい吐息で鼻腔を満たしながら、あっという間に昇り詰めてしまった。

「いく……！」

快感に短く口走りながら、熱い大量のザーメンをドクンドクンと勢いよく注入した。中に満ちる体液で、さらに動きがヌラヌラと滑らかになった。

「アア……」

桃香が喘ぎ、締め付けを強めてきた。

まだ大きな快感ではないだろうが、彼の絶頂が無意識に伝わって声が洩れたのだろう。

一樹は心ゆくまで快感を味わい、処女を征服した感激に浸りながら、最後の一滴まで出し尽くしていった。

すっかり満足しながら動きを弱め、膣内でヒクヒクと過敏に幹を震わせ、桃の匂いのする吐息を嗅ぎながら、うっとりと余韻を味わった。

重なったまま呼吸を整え、そろそろと身を起こして股間を引き離した。

そして観察すると陰唇が痛々しくはみ出し、膣口から逆流するザーメンにうっすらと血が混じっていたが、実に少量ですでに止まっているようだ。

「起きられるかな」

彼は言い、フラつく桃香を支えながら一緒にベッドを下り、バスルームに移動していった。

椅子に座らせ、互いの全身にシャワーの湯を浴びせると、すぐにも彼はムクムクと回復していった。しかし、処女喪失のあと立て続けの挿入は酷だろうから、口でしてもらいたかった。

「ね、立って」

一樹は、放心しかけている桃香を立たせ、自分は床に座ったまま彼女の股間に顔を埋めた。匂いは薄れてしまったが、舐めると新たな蜜が湧き出してきた。

「オシッコ出して」

「ええッ？　無理です、そんなの……」

「ほんの少しでいいから」

執拗に吸い付きながら言うと、そろそろ尿意も高まってきたのか、桃香も下腹に力を入れ、

「あう、出ちゃう……」

言うなりか細い流れを放ってきた。彼は口に受けて喉を潤し、淡い味と匂いを堪能した。しかし、あまり溜まっていなかったか、間もなく流れは治まり、彼女がプルンと下腹を震わせた。

残り香の中で余りの雫を舐めると、

「も、もうダメ……」

桃香が言ってクタクタと椅子に座り込んだので、一樹は入れ替わりに身を起こし、バスタブのふちに腰掛けながら彼女の顔の前で股を開いた。

「これ、可愛がって……」

回復した幹を震わせながら言うと、桃香も両手でペニスを挟み、感触を確かめはじめた。特に初体験の衝撃や後悔は感じられず、むしろ大人になった悦びと好奇心を前面に出し、次第にニギニギと大胆にいじってくれた。

「これが入ったんですね……」

桃香は股間で囁き、陰嚢にも触れて睾丸を確認し、袋をつまんで肛門の方まで覗き込んだ。

せがむように幹を上下させると、ようやく桃香も先端に顔を寄せてきた。

愛らしい舌でチロチロと尿道口を舐め、張り詰めた亀頭も含んでくれた。

「深く入れて……」

言うと桃香も、小さな口を精いっぱい丸く開いて呑み込み、熱い鼻息で恥毛をくすぐりながら、口の中でクチュクチュと舌をからめはじめた。

「ああ、気持ちいい……」

一樹はうっとりと喘ぎ、彼女の頭に両手をかけ、前後に動かした。

桃香も顔を前後させ、濡れた口でスポスポと摩擦してくれた。

「ああ、いきそう……」

すっかり高まった一樹が言うと、桃香も摩擦と吸引、舌の蠢きを活発にしてくれた。

吸い付くたび、美少女の上気した頬に笑窪が浮かび、彼は口を汚すという禁断の快感に全身を包み込まれてしまった。

「い、いく……！」

身を震わせて口走り、同時にありったけの熱いザーメンがドクンドクンと勢いよくほとばしり、美少女の喉の奥を直撃した。

「ク……、ンン……」

噴出に驚いたように桃香が呻き、それでも摩擦を続行してくれた。

たまにぎこちなく歯が当たるのも新鮮な刺激で、彼は心置きなく最後の一滴まで出し尽くしてしまった。

「ああ、すごく気持ち良かった。有難う……」

一樹が力を抜いて言うと、桃香も動きを停め、チュパッと口を離すと、口に溜まったザーメンをコクンと飲み下してくれた。

「嫌じゃない？」

「ええ、少し生臭いけど、松江さんのものなら嫌じゃないです」

訊くと、桃香は幹を握ったまま答え、なおも尿道口の雫もチロチロとすすってくれた。

「あう、も、もういいよ……」

過敏に幹をヒクつかせながら言うと、ようやく桃香も口と指を離し、チロリと舌なめずりして彼を見上げた。

やがて二人でもう一度シャワーを浴び、身体を拭いて部屋に戻った。

「この本、借りていいですか」

桃香が、書棚にある近代文学の参考書を指して言う。

「うん、いいよ」

一樹が答えると、桃香も身繕いをし、彼も服を着た。

もう今日は充分だし、挿入はまた今度にしようと思った。

「家に帰って、様子が変だとか親に思われないかな」

「大丈夫です。まだ中に何かあるような気もするけど、普通に出来ますので」

心配して訊くと、桃香が笑みを浮かべて答えた。

思っているより子供ではなく、珠利ほどではないにしろ女の強《したた》かさも備えているのかも知れない。

やがて少し雑談してから、桃香は帰ってゆき、一樹は机の下に設置していたDVDカメラを取り出し、再生してみた。

ロングのアングルだから割れ目まで細かに見えないが、美少女の処女喪失シーンは完璧に撮れていた。これなら、今度女性と縁が持てなくなってからのオナニーライフは充実することだろう。

もちろん今は女性運の波が来ているようなので、しばらくはオナニーを控え、生身相手にエネルギーを温存しようと思っていた。

（あ、いけない、本を貸してやるのをすっかり忘れてた……）

一樹は思い出したが、今度あったときに渡してやれば良いだろう。とにかく彼は、今夜の芙美子の帰宅まで、処女を味わった余韻の中で昼寝をした。

考えてみれば本当に気楽な大学生である。僅かな講義だけ受け、あとは女体との快楽三昧な生活になっているのだ。

一樹は横になりながら、またそろそろ投稿用の小説にもかかりたいと思ったのだった。

第三章　淫願成就の大快感

1

（帰ってきたようだな……）

一樹は、二階の物音を聞いて思った。もう夕食を済ませ、歯磨きとシャワーも終えていた。

それに昼寝したから気力も体力も万全、淫気も満々である。

芙美子も、オナニーでの絶頂の最中に彼の名を口走ってくれたのだから、今夜は思い切って訪ねてみようかという気になっていた。

その前に一応モニターを点け、芙美子の寝室の様子を覗き見てみた。

寝室は暗いが、リビングからの明かりが射している。するると寝室の灯りが点いたので、どうやら帰宅した直後の彼女は寝室で着替えるのかも知れない。

期待して見ていたが、一向に芙美子の姿が現れない。それでもモニターに目を凝らしていると、いきなり画面の下の方から、ヌッと芙美子の顔がアップになったのである。

「うわ……！」

一樹は驚いて声を上げ、思わず仰け反った。

しかもメガネを掛けた芙美子は、じっとこちらを見つめて声を出した。

「松江君、今すぐ二階へ来なさい」

彼女の声を聞き、一樹は信じられない思いで胸を震わせた。しかも芙美子は険しい眼差しをしているのである。

(と、とにかく行かなきゃ……)

カメラが発見された以上、逃げおおせられるわけもない。

彼は緊張しながらパソコンのスイッチを切り、ジャージ姿のままサンダルを突っかけて玄関を出た。

ドアを施錠し、階段を上がって芙美子の家のチャイムを鳴らすと、すぐにもドアが開かれた。

「入って」

彼女が短く言い、一樹もサンダルを脱いで恐る恐る上がり込んだ。

芙美子はドアをロックし、彼を寝室に招き入れた。そして、壁掛けテレビの下にあるカメラを指して言う。

「これ、引っ越しのときに松江君が取り付けたのね」

きつい目で言われ、一樹は嘘もつけずに項垂《うなだ》れた。

昨夜、彼女は自分の名を口走ってくれた極楽から、一気に地獄へ堕ちた気分である。

「はい……」

「やっぱりそうね。今朝気がついて、まだ他の人は誰も入っていないから、そうだろうと思って」

芙美子が言い、帰宅直後だから甘ったるい匂いが濃く漂った。

だが、彼女は一樹が引っ越しのとき、テレビを設置しながらこっそりカメラを仕掛けたと思っているらしい。

それならば、合い鍵のことはまだ知られていないようで、少しだけ彼はほっとした。

「ゆうべの私を見たのね。正直に答えて」

「はい……」

言われて彼が下を向いて答えると、芙美子が正面で小さく嘆息した。

そしてこんな最中なのに、彼女の花粉に似た吐息の刺激を鼻腔に感じ、思わず股間が熱くなってしまった。

すると彼女が、深呼吸してから口を開いた。

「撲《ぶ》つわ。覚悟して」

「はい……」

彼女の言葉に目を上げて答えると、左頬に激しい衝撃を感じた。父親以外から殴られたのは初めてで、一樹は思わずよろけた。

「アアッ……」

すると芙美子が両手で顔を覆い、声を洩らしながらベッドに座り込んだのである。あるいは教え子どころか、人を叩くなど生まれて初めてのことだったのかも知れない。

「ご、ごめんなさい。悪いのは僕なんだから、どうか先生は落ち込まないで」

一樹も並んで腰掛け、俯いている芙美子の肩を支えた。

「正直に、一言好きだと言ってくれれば、こんなことしなくて済むのに……」

芙美子が涙声で言い、一樹は胸を打たれた。

「す、好きです。こんなことしたあとだけど、高校一年生の頃からずっと」

一樹は彼女の顔を覗き込みながら言い、こんな遣り取りの中でも激しい勃起が一向に治まらなかった。

すると、芙美子もようやくそろそろと顔を上げた。

「高校時代の松江君の思いは分かっていたけど、在学中ではどう仕様もなかったの。でも今なら直の教え子ではないし、君も二十歳なのだから……」

レンズ越しに目を潤ませながら言われ、一樹も彼女の肩を抱いて迫った。

「じゃ、今ならいいんですね……」

「いいわ。カメラのことはさっき叩いたことで帳消し、あともし録画したなら全て消去して」

「もちろんです、約束します」

「じゃ、脱ぎなさい。好きにしていいから……」

芙美子が呼吸を整えて言い、立ち上がって服を脱ぎはじめた。

一樹もジャージ上下とシャツ、下着まで脱ぎ去って全裸になると、彼女のベッドに先に横たわった。

枕には、引っ越し当日には感じられなかった、濃厚な匂いが沁み付いていた。

もう芙美子もためらいなく黙々と脱いでゆき、生ぬるく甘ったるい匂いを漂わせた。

あられも無いバイブオナニーを見られた羞恥で、さらに芙美子の興奮が増し、シャワーを浴びることも忘れ、待ち切れないほど高まっているなら願ったり叶ったりである。

彼も、地獄から一転して再び極楽に舞い上がった気持ちであった。

たちまち一糸まとわぬ姿になると、芙美子がベッドに上ってきた。

「あ、どうかメガネはそのままで……」

外そうとする芙美子に言うと、彼女も掛けたままでいてくれた。何しろメガネが、何年も見慣れて恋い焦がれた顔なのである。

「松江君、初めて……?」

「はい、もちろん……」

無垢の方が悦んでくれると思い、彼はそう答えていた。

「そう、じゃしてほしいことが山ほどあるでしょう。何でも言って」

「いいんですか」

「ええ、何でもしてあげたいの」

彼女が頷くので、一樹も勃起しながら彼女の驚くことを言ってしまった。

「じゃ顔の横に立って、僕の顔に足の裏を乗せて下さい……」

「まあ……、そんなことされたいの……」

予想通り芙美子は驚いて目を丸くした。初体験を装うなら、もっと真っ当なセックスをすれば良いのにとも思うのだが、何でも好きにと言われると根強い性癖と願望が頭をもたげてしまったのである。

「ええ、何でもと言ってくれたので、恥ずかしいけど長年の思いを……」

「そう……、私も恥ずかしいけど、どうしてもして欲しいなら……」

彼女は頷くと、意を決して立ち上がり、壁に手を付いて体を支えながら、そろそろと片方の足を浮かせて彼の顔に乗せてくれた。

やはり、膣とアヌスを器具でオナニーしていたのだから、少々アブノーマルな行為にも好奇心が湧くのかも知れない。

「アア、生徒の顔を踏むなんて……」

芙美子は、今にもしゃがみ込みそうなほどガクガクと膝を震わせて言った。

一樹も、憧れの美人先生の足裏を顔中に感じ、舌を這わせながら形良く揃った足指の間に鼻を押し付けた。

やはりそこは生ぬるい汗と脂にジットリ湿り、蒸れた匂いが濃厚に沁み付いていた。教師として、大学生の珠利や桃香などよりずっと動き回って気も遣っているのだろう。

彼は踵から土踏まずを舐め、充分にムレムレの匂いを貪ってから爪先にしゃぶり付いた。

「アア……、汚いのに、いいの……？」

芙美子は声を震わせたが、拒みはしなかった。

一樹も嬉々として指の股に舌を割り込ませて味わい、やがて味と匂いを貪り尽くすと足を交代してもらった。

そちらも充分に嗅いでしゃぶると、ようやく彼は口を離した。

「顔を跨いで、しゃがんで下さい」

真下から言うと、芙美子もすっかり興奮を高め、いくらも迷わなかった。

彼の顔の左右に両足を置くと、和式トイレスタイルでゆっくりしゃがみ込んできた。完全に脚がM字になると、白い内腿がムッチリと張り詰め、割れ目が鼻先に迫った。

見上げると、割れ目は驚くほど大量の愛液でヌルヌルにまみれ、股間に籠もった熱気と湿り気が顔中を包み込んできた。

2

「アア……、恥ずかしいわ、そんなに見ないで……」

芙美子が懸命に両足を踏ん張りながら、真下から一樹の熱い視線と息を感じ、熱く喘いで言った。

丘に茂る恥毛は黒々と艶があり、下の方は愛液の雫を宿していた。

はみ出した陰唇をそっと指で左右に広げると、息づく膣口からは白濁した本気汁が滲み、小指の先ほどもあるクリトリスが真珠色の光沢を放ってツンと突き立っていた。

見ているだけで、大量の愛液がトロリと滴ってきそうである。

「すごく綺麗……」

「そう……、そこに入れるのよ……」

芙美子が息を弾ませて言い、膣口を収縮させた。

「うん、でも入れる前に舐めたい」

彼は言い、意外に豊満な腰を抱き寄せ、股間に鼻と口を埋め込んでいった。

茂みに鼻を埋め込んで嗅ぐと、やはり生ぬるく蒸れた汗とオシッコの匂いが濃厚に籠もり、悩ましく鼻腔を刺激してきた。

「いい匂い」

いつものように思わず言ってしまうと、

「あう……！」

芙美子も、急にまだシャワーも浴びていないことを思い出したように呻いた。

一樹は嗅ぎながら舌を這わせ、淡い酸味のヌメリを掻き回し、膣口の襞からクリトリスまで舐め上げていった。

「アアッ……、い、いい気持ち……！」

芙美子が声を上ずらせて喘ぎ、思わずキュッと座り込みそうになると、とてもしゃがんでいられずに両膝を突いた。

さらにベッドの前に両手で摑まると、まるでオマルにでも入ったような形になり、彼の興奮が増した。

執拗にクリトリスを舐めては、溢れて滴る愛液をすすり、味と匂いを堪能すると、彼は尻の真下に潜り込んでいった。

谷間の蕾を見上げると、それはローターの挿入に慣れ、レモンの先のように僅かに突き出た艶めかしい形をしていた。

清楚なメガネ美女の肛門が、このような形をしているなど生徒の誰も想像出来ないに違いない。

鼻を埋めると、顔中に白い双丘が密着した。

蕾には、やはり秘めやかに蒸れた匂いが沁み付き、彼は貪るように嗅いでから舌を這わせた。そして充分に濡らしてからヌルッと潜り込ませると、微かに甘苦い粘膜に触れた。

「あう……、そんなことしてくれるの……、もっと奥まで……」

芙美子もすっかり夢中になってせがみ、彼も精いっぱい奥まで潜り込ませて滑らかな粘膜を探った。

「いいわ、すごく……」

彼女も言いながら、モグモグと肛門できつく舌先を締め付けた。割れ目から糸を引いて滴る愛液も、彼の鼻先をヌルヌルにした。

やがて前も後ろも舐め尽くすと、ようやく芙美子も股間を引き離して添い寝してきた。

一樹は乳首に吸い付いて舌で転がし、顔中で豊かな膨らみを味わいながら、もう片方も指で探った。

「アア……」

仰向けになった芙美子も身を投げ出して喘ぎ、クネクネと身悶えた。どうやらオナニーばかりで、生身の男は久々なのだろう。

彼ものしかかりながら、左右の乳首を味わい、腕を差し上げて腋の下にも鼻を埋め込んだ。ジットリ湿った腋の下にも、甘ったるい濃厚な汗の匂いが沁み付いていた。

一樹は憧れ美女の体臭に噎せ返り、身を起こして股間に迫った。

「待って、入れるならこれをお尻に……」

と、芙美子が言い、枕元の引き出しからローターを出して渡した。

彼を童貞と思っているようだが、今は手ほどきより自分の快感が優先らしい。

彼が受け取ると、芙美子は自ら大胆に両脚を浮かせて抱え、豊満な尻を突き出してきた。一樹も、もう一度充分に肛門を舐めたので、ローションは要らないだろう。

楕円形のローターを肛門に押し当て、指の腹でゆっくり押し込んでみると、見る見る奥まで入り込んで見えなくなった。そして肛門から伸びるコードの先にある、電池ボックスのスイッチを入れた。

「あう……」

奥からブーン…とくぐもった振動音が聞こえ、芙美子が熱く呻いた。

「いいわ、前に入れて……」

言われて一樹は股間を進め、先端を割れ目に擦り付けた。充分に潤いを与えて押し付けると、

「もう少し下……、そう、そこ、来て……」

初体験と思っているのでリードしてくれながら言い、彼もヌルヌルッと根元まで押し込んでいった。

「アアッ……！」

芙美子が顔を仰け反らせて喘ぎ、一樹も股間を密着させた。

温もりと感触を味わい、とうとう憧れの彼女と一つになれた悦びと快感を嚙み締めた。しかも肉襞の摩擦と締め付けばかりでなく、肛門に入ったローターのためきつくなり、その振動が、間の肉を通してペニスの裏側を妖しく刺激してくるのである。

一樹は身を重ね、少しでも長く味わいたいので動かず、上からピッタリと彼女に唇を重ねていった。またキスの順序があとになってしまったが、彼は芙美子の唇の感触を味わい、舌を挿し入れて綺麗な歯並びを舐めた。

「ンン……」

すぐに芙美子も舌をからめて呻き、チュッと吸い付いてきた。

生温かな唾液と滑らかに蠢く舌を味わううち、彼は我慢出来なくなり徐々に腰を動かしはじめた。

「ああ……、いいわ……」

すると芙美子が口を離して喘ぎ、花粉臭の刺激を含んだ吐息を熱く弾ませた。

一樹も鼻を押し付けて湿り気ある息を嗅いで高まった。綺麗な声で授業をする彼女の口は、こんなにも良い匂いがしていたのだ。

芙美子もズンズンと股間を突き上げていたが、急に動きを停めた。

「ね、まだ我慢出来るなら、お尻に入れてみて……」

「え……」

彼も驚いて動きを停めた。

「初体験から変わったことをするのも気の毒だけど、私はお尻の処女で、君の童貞が欲しいの。変態かしら……」

「い、いいえ、先生がそうしてほしいなら」

言われて、彼は身を起こしていったんペニスを膣口から引き抜いた。

そして電池ボックスのスイッチを切り、コードを摑んで注意深くローターを引っ張り出した。

ツボミが開いてツルッとローターが抜け落ちたが、特に汚れの付着はない。

すると彼女が、すぐにティッシュに包んでローターを枕元に置き、そしてローションのチューブを渡した。

やはりローターより太いものを初めて入れるので、潤滑油が必要なのだろう。

一樹はローションをペニスと肛門に塗り、先端を蕾に押し当てた。

「ああ、ドキドキするわ。ゆっくり入れて……」

浮かせた両脚を抱えながら芙美子が言い、彼もグイッと潜り込ませていった。

最も太いカリ首までが、ヌメリで一気に入ってしまうと、丸く押し広がった肛門がきつくくわえ込んだ。

「あう、いいわ、奥まで来て……」

芙美子が言い、彼もズブズブと根元まで潜り込ませていった。さすがに入り口はきついが、中は案外楽で、ベタつきもなく滑らかだった。

股間に尻の丸みが心地よく密着すると、

「突いて、何度も強く……」

芙美子が脚を下ろして言い、自ら乳房を揉み、乳首をつまんだ。もう片方の手は空いている割れ目に這わせ、愛液の付いた指の腹でクリトリスを激しく擦りはじめた。

何と興奮する眺めだろう。一樹は芙美子のアヌス処女を奪いながら徐々に動きはじめた。すると彼女も、括約筋の緩急に慣れてきたように、すぐにも動きが滑らかになっていった。

「アア、い、いく……」

たちまち一樹は絶頂の快感に貫かれて喘ぎ、ドクンドクンと熱いザーメンを注入していった。

「あ、熱いわ、もっと……、アアーッ……!」

するとと彼女も喘ぎ、ガクガクと狂おしいオルガスムスの痙攣を開始したのだ。あるいはアナルセックスではなく、自らいじるクリトリスへの刺激で果てたのかも知れない。

中に満ちるザーメンで、さらに律動がヌラヌラと滑らかになった。

そして一樹は締め付けの中、最後の一滴まで出し尽くしていったのだった。

3

「さあ、早く洗った方がいいわ……」

芙美子が、互いに余韻に浸る余裕もないまま、言って身を起こした。一樹も股間を引き離すと一緒にベッドを下り、バスルームへ移動した。

すると芙美子がシャワーを浴びせ、ボディソープで甲斐甲斐しくペニスを洗ってくれた。そして、もう一度湯を浴びせると、

「オシッコを出しなさい。中も洗わないと」

教師のような口調で言った。

さすがにバスルームでは芙美子もメガネを外しているので、その美しい素顔が何とも新鮮であった。

一樹も回復しそうになるのを堪えながら、懸命にチョロチョロと放尿を済ませると、もう一度彼女は湯を掛け、最後に消毒するように屈み込み、チロリと尿道口を舐めてくれた。

「あう……」

その刺激で、彼自身はムクムクと勃起し、すぐにも元の硬さと大きさを取り戻してしまった。

「ね、先生もオシッコしてみて」

一樹は言い、床に座ると目の前に彼女を立たせた。本当は仰向けになって顔を跨がれたいが、狭くて無理である。

彼は芙美子の片方の足を浮かせてバスタブのふちに乗せ、開いた股間に顔を埋めた。まだ彼女は割れ目を洗っていないので、恥毛に沁み付いた濃い匂いはそのままだ。

嗅ぐたびに刺激が胸に沁み込み、股間へと伝わって勃起が増した。

「いいの？　本当に出そうよ……」

芙美子も、まだ快感の余韻で朦朧となり、いくらもためらわずに言って尿意を高めてくれた。

舐めていると割れ目内部の柔肉が迫り出し、すぐにも味わいと温もりが変化してきた。

「あう、出る……」

彼女が息を詰めて言うなり、熱い流れがチョロチョロとほとばしってきた。

一樹は口に受けて味わい、うっとりと喉を潤した。味も匂いも桃香より濃厚だが、芙美子の出したものだから抵抗なく受け止められた。

溢れた分が肌を伝い、悩ましい匂いが鼻腔を刺激した。

「アア……、生徒にこんなことするなんて……」

彼女は膝を震わせながら喘ぎ、彼の頭に手を乗せて放尿を終えた。

流れが治まると、一樹は余りの雫をすすり、割れ目内部を舐め回した。

すると、すぐにも熱い愛液が大洪水になり、彼女はビクリと股間を離して脚を下ろした。

「もうこんなに勃ってるのね。じゃベッドに戻りましょう。今度は前に入れて中に出して……」

芙美子が言い、もう一度互いにシャワーを浴びると、バスルームを出て二人で身体を拭いた。

そして全裸のまま寝室のベッドに横になると、彼女は再びメガネを掛けてくれ、一樹を仰向けにさせて股間に屈み込んできた。

一樹を大股開きにさせると、芙美子は自分がされたように彼の両脚を浮かせ、尻の谷間を舐めてくれた。

「あう……」

ヌルッと舌が潜り込むと、彼は激しい快感に呻き、モグモグと肛門で美人教師の舌先を締め付けた。

こんなにすごい体験が出来るのなら、さっき自分の部屋を出るとき、録画ボタンを押しておけば良かったと思った。全く性欲と快楽のためなら反省もせず、とことん芙美子の記録を残したいのである。

内部で舌が蠢くと、勃起したペニスがヒクヒクと上下した。

ようやく脚が降ろされると、芙美子は陰嚢をしゃぶって睾丸を転がした。

珠利の愛撫を受けたときも思ったのだが、女性から行動を起こすときは、過去の男の趣味が見え隠れするような気がする。

珠利にされるのは大きな悦びだったが、芙美子の愛撫には、何やら過去の男を悦ばせたという嫉妬が芽生え、快感と同時に複雑な気分になったものだ。

おそらく桃香も、いずれ一樹の性癖に慣れ、次の男には一樹が悦ぶのと同じような愛撫をしてやるようになるのだろう。

やがて芙美子は陰嚢を舐め尽くし、顔を進めてペニスの裏筋をゆっくり舐め上げてきた。

滑らかな舌が先端まで来ると、彼女は幹を指で支え、粘液の滲んだ尿道口をチロチロと舐め回した。

「ああ……、気持ちいい……」

一樹は腰をくねらせて喘ぎ、芙美子も張り詰めた亀頭をくわえると、スッポリと喉の奥まで呑み込んでいった。

熱い息が股間に籠もり、彼女は幹を丸く締め付けて吸い、舌の表面が左右に蠢いてペニスの裏側全体が刺激された。

さらに彼女が顔を上下させ、貪るようにスポスポと強烈な摩擦を開始したのである。

「い、いきそう……」

急激に高まった一樹が息を詰めて口走ると、すぐにも芙美子はスポンと口を離して顔を上げた。

「いい？　上から入れたいわ……」

彼女が言うなり、身を起こして前進してきた。そして一樹の股間に跨がり、先端に濡れた割れ目を押し当て、感触を味わうようにゆっくり腰を沈めてきたのである。

たちまち彼自身は、ヌルヌルッと滑らかに根元まで嵌《は》まり込み、密着した股間から温もりが伝わってきた。

「アア……、いいわ……」

完全に座り込んだ芙美子が、顔を仰け反らせて熱く喘いだ。

やはりアナルセックスではなく、正規の場所は格別らしい。

しかしまだ動かず、彼女は乳房を息づかせながら身を重ねてきた。

一樹も両手でしがみつき、両膝を立てて弾力ある尻を支えた。

芙美子は、近々と顔を寄せてレンズ越しに彼を見つめた。

「痛かった？」

彼の左頬に手を当てながら言う。

「ええ……、でも嬉しかったです……」

一樹も甘美な悦びに包まれて答えた。やはり、怒らせたり嫌われるのは簡単だが、叱ってもらうというのは貴重なことなのである。

「君の高校時代、何度も松江君を思って自分を慰めていたのよ」

「うわ……、思い切って告白すれば良かった……」

「でも、君の在学中ではやっぱり無理だったと思う。だから再会したとき、すごく嬉しくて、体の奥が疼いてしまったの」

芙美子が、キュッキュッと膣内を息づかせながら囁いた。

一樹も答えるように、内部でヒクヒクと幹を跳ね上げながら、彼女の顔を引き寄せた。

すると芙美子の方から、上からピッタリと唇を重ねてきたのである。

一樹は唇の感触と唾液の湿り気を味わい、彼女の息で鼻腔を熱く湿らせながら舌を挿し入れていった。

彼女もネットリと舌をからめ、何度も顔を左右斜めに入れ替えながら貪欲に唇を擦り合わせた。

やがて芙美子が腰を動かしはじめると、一樹もズンズンと股間を突き上げた。

たちまち熱い愛液が溢れて彼の肛門の方にまで伝い流れ、ピチャクチャと淫らに湿った摩擦音が聞こえてきた。

「アア……、いい気持ちよ……」

芙美子が口を離して喘ぎ、彼は湿り気ある花粉臭の吐息で鼻腔を刺激された。

「いい匂い……。先生が吸い込んで、要らなくなって吐き出した空気だけ吸って生きていたい……」

「どんな匂い？」

芙美子が、気になるように訊いてきた。

「興奮と、安らぎの匂い……」

「うんと嫌な匂いだったらどうするの」

「もっとメロメロになる。綺麗な顔とのギャップ萌えと、何だか犯されてる気になるから」

「変な子ね。でも可愛くて仕方がない……」

芙美子は言い、嗅いでいる彼の鼻の頭をしゃぶってくれた。

「ああ……、唾を飲ませて……」

囁くと、彼女も分泌させた唾液をトロトロと吐き出してくれた。

それを舌に受け、彼はうっとりと飲み込んで酔いしれた。

「顔にも強くペッて吐きかけて……」

「そんなこと出来ないわ、教え子に」

「でも、オシッコ飲ませてくれたりしたんだから……」

「そうね、二人でいっぱい秘密を持ってしまったのだから……」

芙美子は言うと、息を吸い込んで止め、口を寄せてペッと強く吐きかけてくれた。彼女が、決して他の男にしないことをしてもらったのである。

「ああ……」

顔中にかぐわしい吐息と、生温かな唾液の固まりを鼻筋に受けて彼は喘いだ。

唾液と吐息の匂いに快感を高めながら股間を突き上げると、もう堪らずに一樹は二度目の絶頂を迎えてしまった。

「く……！」

溶けてしまいそうな快感に呻くと同時に、ありったけの熱いザーメンがドクンドクンと勢いよくほとばしると、

「い、いっちゃう……、アアーッ……！」

噴出を感じた芙美子も、オルガスムスのスイッチが入ったように喘いだ。

そしてガクガクと狂おしい痙攣を開始し、膣内の収縮を最高潮にさせた。

あるいはバイブオナニーに慣れすぎ、奥に感じる射精感覚が新鮮で、それでひとたまりもなく昇り詰めてくれたのかも知れない。

確かにバイブは射精しないし、血が通っていないから、生身の肉棒は格別なのだろう。

一樹は、心ゆくまで快感と感激を嚙み締め、最後の一滴まで芙美子の中に出し尽くしていった。

満足しながら徐々に突き上げを弱めていくと、

「アア……、すごいわ、こんなに良いなんて……」

芙美子も声を洩らし、肌の硬直を解くと力を抜き、グッタリともたれかかってきた。

息づく膣内に刺激され、中でヒクヒクとペニスが過敏に跳ね上がった。

「あう……」

芙美子も敏感になっているように呻き、キュッと締め上げてきた。

そして一樹は、憧れの彼女の重みと温もりを受け、花粉臭の吐息を嗅いで鼻腔を刺激されながら、うっとりと快感の余韻を嚙み締めたのだった……。

『ええッ？　カメラがバレたって……？』

げた。

4

翌日、珠利からの電話があったので一樹が正直に言うと、彼女は驚いて声を上げた。

そして珠利は、ここ数日は忙しいと言っていながらも、急遽午後に彼の部屋に来てくれたのである。

一樹は、今朝になっても芙美子と交わった興奮が冷めやらなかった。

それでも午前中は大学に行き、昼に帰宅して珠利に経緯をラインすると、電話があったのである。

珠利が来てくれると、彼は芙美子との余韻を忘れたように、新たな淫気に包まれてしまった。

「それで、どうなったの……？」

入ってきた珠利は、机の上にある小型カメラを見て言った。昨夜、一樹は芙美子の部屋を出るとき、彼女に言われてカメラを外したのである。

一樹は、昨夜芙美子に呼び出されてからの出来事を、順々に全て珠利に話してしまった。

彼にとって芙美子は憧れのマドンナだが、珠利は何しろ初体験の手ほどきをしてくれた一つ上のお姉さんという感じで、何でも正直に話す気になってしまうのである。

ただ芙美子と約束した、バイブオナニーの映像はあまりに惜しいのでまだ消去してはいない。

「そう、叩かれたの。私のことは言っていないのね？」

珠利は言い、自分が関わっていることは内緒にしてくれたので、だいぶ安心したようだ。

だから合い鍵のことは知られていないし、一樹が引っ越しの日に勝手にテレビの下に取り付けたと芙美子が思い込んでいるので、ほっとしたのだろう。

「そのあとは？」

珠利は、好奇心に目をキラキラさせて訊いてきた。

一樹も興奮を甦らせて勃起しながら、昨夜の芙美子との行為を包み隠さず告白した。

「アナルセックス……？　確かに、ローターの挿入に慣れているし、しかもいくとき君の名を口走ったのだから、いったん垣根を越えてしまえば何でもありそうだわ」

珠利も興奮を高めたように頬を紅潮させ、甘い匂いを漂わせて言った。

「つくづく惜しいのは、この部屋を出るとき録画スイッチを押さなかったことなんだ……」

「そうね。でも、君のことだから、この部屋の様子も盗撮しているでしょう。例えば、桃香ともしたのでしょう？」

珠利が、悪戯っぽい眼で彼を見つめて言う。この推理マニアの美女は、何でもお見通しなのである。

「うん、実は……」

一樹もとぼけずにモニターを点け、桃香との行為を珠利に見せた。何しろ桃香と出来たのも、全て珠利のおかげなのだ。

「ふうん、これが桃香の処女喪失シーンなのね、興奮するわ……」

珠利は映像を見て、途中何度か早送りし、桃香への挿入シーンは集中的に観ながら息を弾ませて言った。

そしてスイッチを切って溜息をつくと、

「位置からして、ここね。あ、これ……」

珠利は机の下を見て、小型のDVDカメラを引っ張り出した。

「今まで、私のも撮った？」

「ううん、まだ撮ったのは桃香のだけ。今日、珠利さんを撮ってもいいならお願いしたいです」

恐る恐る言うと、彼女はあっさりと頷いてくれた。

「いいわ。君なら信用出来るから。もっともオナニー用のコレクションといっても、しばらくは女体に不自由しなさそうじゃない」

「うん、でも今の状態が異常な気がして、すぐ間もなく、本来のモテない自分に戻るだろうから」

彼が正直に言うと、珠利は笑った。

「そんな自信のないことじゃダメよ。前戯は上手だし、天性のテクを持っていそうだから」

彼女は言いながら立ち上がり、服を脱ぎはじめてくれた。

話が一段落するのを待ちかねていた一樹も、手早く全裸になった。

もちろん珠利が来ると知ったときに、すぐ歯磨きとシャワーは済ませていた。

彼女は、学食の昼食を終えてすぐ来たので、全身は汗ばんだままだろうし、今も甘ったるい匂いが漂っている。

互いに一糸まとわぬ姿になると、珠利はベッドに仰向けになった。

「好きなように撮っていいわ。こう？」

彼女は言うなり自ら両脚を浮かせ、股を開きながら両手で抱えた。

一樹もカメラを手に彼女の股間に陣取り、濡れはじめている割れ目とピンクの肛門をアップで撮った。

盗撮には、彼女に見られていないという興奮が増すが、一定のアングルだけなのだ。そのてん許可を得たとなると、大胆なアップが撮れるので、また別の興奮が湧く。

「こうすればいいかな。奥までちゃんと撮って、アア……」

珠利は脚を浮かせたまま、指で陰唇や肛門を目いっぱい広げながら熱く息を弾ませた。

見る見る割れ目内部の柔肉がヌラヌラと潤いはじめ、今にも肛門の方にまで滴りそうになった。

やがて割れ目も肛門もアップで充分に撮ると、珠利は脚を下ろした。

「胸を跨いで……」

言うので、一樹も珠利の胸に跨がり、尻の下に柔らかな乳房を感じながら彼女の鼻先で幹をヒクつかせた。

「撮って……」

すると彼女も顔を上げて言うなり指を添え、先端にチロチロと舌を這わせはじめた。一樹もペニスをしゃぶる珠利の顔をアップで撮り、ゾクゾクと興奮を高めていった。

珠利は頬を染めて執拗に舌を這わせ、張り詰めた亀頭を唾液でヌルヌルにしてくれた。含むより、舌の動きがよく見えるようにしてくれるので、何とも映像の見た目を心得ているようだ。

これなら、今後恋人が出来なくても、当分は充実したオナニーライフが送れそうである。ということは、これだけ女体を知っても、まだまだ彼はオナニー衝動の方が主流なのだろう。

そう、今までも美女を見ると、どんなふうに抱きたいかと思うより、彼女の何を思い出して抜こうかということしか考えてこなかったのである。

やがて珠利が、真下から彼の股間に熱い息を吹きかけ、ペニスから陰嚢、肛門まで念入りに舐め回し、あらゆる行為を撮ると舌を引っ込めた。

「じゃ、あとは固定でいいわね」

彼女が言うので、一樹も椅子の上にカメラを置いてベッドに向けると、いよいよ本格的に女体を味わうことにしたのだった。

5

「じゃ、うんと舐めて気持ち良くさせて」

珠利が言い、あらためて身を投げ出した。わざと淫らな台詞を口にするのも、録画のためのサービスなのだろう。

一樹は彼女の足に屈み込み、足裏に舌を這わせて指に鼻を割り込ませた。

嗅ぐと、今日も指の股は汗と脂に生ぬるく湿り、ムレムレの匂いが濃く沁み付いて、悩ましく鼻腔を刺激してきた。

彼は胸を満たしてから爪先をしゃぶり、両足とも全ての指の股を舐め回し、味と匂いを貪り尽くした。

「ああ、くすぐったくていい気持ち……」

珠利も熱く喘ぎ、クネクネと身悶えはじめた。彼女も局部をアップで撮られ、いつになく興奮を高めているのだろう。

一樹は珠利の股を開かせて脚の内側を舐め上げ、ムッチリした内腿をたどって股間に迫った。愛液はさっき撮ったとき以上に溢れ、光沢あるクリトリスが愛撫を待つようにツンと突き立っていた。

堪らずに顔を埋め込み、柔らかな恥毛に籠もった匂いを胸いっぱいに吸い込んだ。蒸れた汗とオシッコの匂いが馥郁と鼻腔を掻き回し、悩ましく胸に沁み込んできた。

嗅ぎながら柔肉を舐め回すと、生ぬるい愛液がヌラヌラと舌の動きを滑らかにさせた。膣口の襞をクチュクチュと探り、クリトリスまでゆっくり舐め上げていくと、

「アアッ……、そこ……」

珠利が激しく声を上げ、ビクッと身を弓なりに反らせた。

一樹もチロチロとクリトリスを舐めては溢れる愛液をすすり、さらに両脚を浮かせて尻の谷間に鼻を埋め込んでいった。

ピンクの蕾にも蒸れた匂いが籠もり、彼は貪ってから舌を這わせ、ヌルッと潜り込ませて滑らかな粘膜を味わった。

「あう……」

珠利が呻き、キュッときつく肛門で舌先を締め付けた。

彼は舌を蠢かせ、やがて珠利の前も後ろも味わい尽くすと、

「入れて……」

彼女が言って身を起こしてきた。そして四つん這いになり、尻を突き出してきたのだ。

「最初は後ろから」

言われて彼も身を起こし、膝を突いて股間を進めた。最初は、と言うからにはあとがあるのでここで果てるなということだろう。

やはりいくつかの体位を試すのも録画サービスらしく、彼女も気分が乗っているようだった。

彼はバックから膣口に先端を押し当て、ゆっくり挿入していった。

ヌルヌルッと滑らかに根元まで入ると、彼の股間に尻の丸みが密着して何とも心地よかった。

「アアッ……、いい……」

珠利もキュッと締め付け、白い背中を反らせて喘いだ。

一樹は彼女の腰を抱え、温もりと感触を味わいながら腰を前後させはじめた。

さらに覆いかぶさり、両脇から回した手で乳房を揉みしだき、指でコリコリと乳首を探った。

長い黒髪に顔を埋めて匂いを嗅ぎ、ズンズンと律動すると彼女も顔を伏せたまま尻を前後させた。

しかし危うくなる前に彼女が動きを停め、

「いいわ、抜いて。今度は横から」

言うので一樹も身を起こしてペニスを引き抜いた。確かにバックは尻の感触が良いが、顔が見えないのが物足りなかったのだ。

すると珠利が横向きになり、上の脚を真上に上げた。

一樹は珠利の下の内腿に跨がり、松葉くずしの体位で再び挿入し、彼女の上の脚に両手でしがみついた。

「アア、いい気持ち……！」

珠利が喘ぎ、腰をくねらせはじめた。

互いの股間が交差しているので密着感が増し、膣内ばかりでなく擦れ合う内腿も気持ち良かった。

そして動くうち、いよいよ高まってきたので一樹は自分から引き抜いた。

珠利も心得たように、仰向けになって股を開いた。

「じゃ正常位でフィニッシュね。もう抜かないで」

言うので彼も股間を進め、みたびヌルヌルッと根元まで挿入し、脚を伸ばして身を重ねていった。

股間を密着させて温もりと感触を味わい、まだ動かず彼は屈み込んでチュッと乳首に吸い付いて舌で転がした。

左右の乳首を交互に含んで舐め回し、さらに腋の下にも鼻を埋め込み、蒸れて甘ったるい汗の匂いに噎せ返った。

「ああ……、突いて、強く奥まで……」

珠利が喘ぎ、ズンズンと股間を突き上げてきたので、彼も律動を開始しながら何とも心地よい肉襞の摩擦に高まった。

動きながら唇を重ね、舌を挿し入れてチロチロとからめると、

「ンンッ……！」

珠利も舌を蠢かせて呻き、下から両手で激しくしがみついてきた。

収縮と潤いが増し、やがて息苦しくなったように珠利が口を離した。

熱い息を嗅ぐと、彼女本来のシナモン臭に、ほのかなガーリック臭も感じられて興奮が高まった。

「ああ、濃厚……」

「お昼がパスタだったから、ガーリックが匂うかも……」

嗅ぎながら言うと、珠利も息を弾ませて答えた。

「うん、ケアしない自然のままが一番いい……」

一樹は言い、悩ましい吐息の匂いに鼻腔を刺激されながら腰の動きを速めていった。

「ね、オマ×コ気持ちいいって言って」

「あう、オ……、オマ×コ気持ちいいわ……！」

囁くと彼女も興奮に任せて言い、キュッと膣内が締まった。

淫らな言葉と同時に、録画されている興奮が増したのだろう。

いつしか彼も、股間をぶつけるように激しく腰を突き動かし、とうとう絶頂に達してしまった。

「い、いく……、気持ちいい……」

一樹は口走り、珠利の口に鼻を押し込んで濃厚な吐息を貪りながら、熱い大量のザーメンをドクンドクンと勢いよく注入した。

「い、いいわ……、アアーッ……！」

たちまち珠利も声を上げ、ガクガクと腰を跳ね上げて激しいオルガスムスに達した。彼は摩擦の中で快感を嚙み締め、心置きなく最後の一滴まで出し尽くしていった。

すっかり満足しながら動きを弱め、珠利に体重を預けていくと、

「ああ……」

彼女も声を洩らし、グッタリと身を投げ出していった。

まだ息づく膣内で彼はヒクヒクと過敏に反応し、濃い吐息を嗅ぎながら、うっとりと快感の余韻を味わった。

やがて身を起こして股間を引き離すと、

「じゃ私は大学へ戻るので、シャワーを」

珠利は言い、一緒にベッドを下りた。

どうやら今はレポート作成で、かなり忙しいようだった。

それなのに彼女は、バスルームへ行くとき椅子の上のカメラを手にしたのである。そして自分から片方の足を浮かせ、バスタブのふちに乗せたのだった。

「出るところ撮りたいでしょう?」

「うん、有難う」

何から何まで、気配りの行き届く魔女だった。

一樹は床に座り、彼女の股間に顔を寄せた。珠利は自分でカメラを構え、モニターを見ながらレンズを割れ目に向けた。そして息を詰めて尿意を高め、間もなくチョロチョロと放尿してくれたのである。

彼は舌に受けて味わい、ほのかな匂いを貪りながら喉を潤した。

「ああ……、いい気持ち……」

珠利は彼の顔に浴びせながら喘いだが、さして長く続かずに流れを治めた。

一樹は舌を這わせて雫をすすり、まだ残る恥毛の匂いに酔いしれた。

舌を這わせると、たちまち淡い酸味のヌメリが満ちてきた。

「あう、もういいわ……」

珠利は言って足を下ろし、カメラを脱衣所に置くと、あらためてシャワーを浴びた。

一樹も浴びて股間を洗ったが、もちろんムクムクと回復してきてしまった。

「残念だわ。せっかく勃ったのに。今日は緊急事態だから急いで来たけど、また今度ね」

珠利は彼の勃起を見下ろして言ったが、あっさりバスルームを出て身体を拭いてしまった。

仕方なく一樹も身繕いをし、出ていく珠利を見送ったのだった。

第四章　熟れ肌の熱き悶え

1

「まあ！　松江さんですね。せっかく来て頂いたのに申し訳ありません。桃香は急用で出てしまったんです」

翌日の昼過ぎ、一樹が桃香の一軒家を訪ねると、彼女は不在で母親の百合枝《ゆりえ》が出てきて言った。実は、桃香が借りたがっていた近代文芸の参考書を持ってきてやったのだ。

もちろん事前に桃香にラインをして在宅を確認し、徒歩十分余りでやって来たのである。

内心は、美少女の部屋に入ってみたいという願望もあったのだが、まさか母親が在宅とは思わなかった。

「そうですか」

「急に、小学校からの幼馴染みが帰ってきたという連絡があったので、駅で会ってどこかへ行くというので、松江さんにはくれぐれも謝っておいてほしいと言われてます」

百合枝も済まなそうに言う。桃香と良く似た美形で、まだ四十前ぐらいではないか。色白で熟れた甘い匂いが漂い、かなりの爆乳に目が行くのを彼は必死に押さえた。

「分かりました。この本を持ってきただけですので、ではお渡し下さい」

一樹は言い、本を差し出したが、

「どうか、お上がりください。せっかく来て下さったのだからお茶でも」

百合枝は熱心に引き留め、彼も上がり込むことになってしまった。

一軒家は割りに大きく、桃香の父親は銀行員ということだ。

彼が上がると、百合枝がドアを閉めて内側からロックしたので、密室になったなと何となく思った。

そして百合枝が紅茶を淹れている間、リビングのソファに座っていると、その桃香からラインが入った。

『済みません。地方に行っていた仲良しが急に戻って、今日しか会えないというので、夕食まで一緒にすることにします。本当にごめんなさい』

そう書かれていたので、彼も、

『うん、お母さんに本を渡して今帰るところだから、今日はゆっくり楽しみなさいね。ではまた』

そのように返信しておいた。

やがて百合枝が紅茶を持って向かいに腰を下ろした。

「真面目そうな人で安心しました。高校時代から、桃香は松江さんのお話をよくしていたんですよ」

百合枝が言い、一樹は熱い紅茶をすすった。

「もう、桃香とはお付き合いしているの？」

「い、いえ、先日サークルの同窓会で再会したばかりですから……」

いきなり訊かれ、一樹はどぎまぎしながら答えた。百合枝も、母親というよりも、ワイドショー的な興味で訊くような眼差しをしていた。

美熟女の遠慮の無い視線が眩しく、一樹は緊張しながらもいつしか股間を熱くさせてしまった。

何しろ桃香とするつもりで、歯磨きとシャワーを終えてきたのだから、淫気は満々なのである。

「桃香は、幼く見えるけど案外しっかりしているのよ」

「ええ、僕もそう思います」

「でも桃香よりも、松江さんの方が心配ね。もしかして、まだ何も知らないのでは？」

百合枝が彼を見つめながら言う。

やはり真面目そうだがオドオドして見えるようで、どうしても無垢に思われてしまうのだろう。

「え、ええ……、まだ誰とも付き合ってません……」

一樹も、無垢を装いながらモジモジと答えた。やはり無意識に、その方が良いことが起きそうな気がするのである。

何しろ彼は、十八歳の桃香に二十一歳の珠利、二十七歳の芙美子を知ったが、これほどのボリュームある熟女というのは初めて接するのである。

もし百合枝が、すでに一樹の手で桃香の処女を奪っていると知ったら、一体どんな顔をすることだろう。

「そう、やっぱり」

百合枝は嘆息気味に言い、なおも身を乗り出して追及してきた。

「でも、まだ正真正銘の童貞なら、してみたいことがいっぱいあるでしょう？」

「そ、それは、そうですけど……」

「一人でするだけでは、何も覚えられないわね。桃香も処女だから、お互い何も知らないとスムーズにいかないかも」

百合枝が言う。どうやら桃香と付き合うことに反対はしないが、あまりに無知同士ではいけないと心配してくれているようだ。

「風俗は？」

「い、行ってません……」

「そう、最初は経験した年上に教わるのが一番良いのよ。好きな人と最初に結ばれたいだろうけど、経験しておくのは好きな人のためでもあるのだから」

「は、はあ……」

じゃ教えて下さいと言えば良いのに、それが口に出せないのである。

すると、百合枝の方から誘ってくれた。

「私でもいい？」

「え……？」

「手ほどきよ。私も夫以外知らないけど、一度で良いから若い子に教えてみたかったの。もちろん桃香には絶対に内緒で」

百合枝の声が心地よく耳に響いた。

夫しか知らないというのが本当かどうか分からないが、ここ数年何もなく、欲求を溜めているのは確かなようである。でなければ、他に誰もいない家でこんな話題にはならないだろう。

「ぜ、ぜひお願いします……」

一樹が律儀に言って頭を下げると、百合枝も顔を輝かせて立ち上がった。

「じゃお湯を出してくるのでシャワーを浴びなさい」

「ぼ、僕はいま浴びてできたので大丈夫です」

桃香と会うために浴びてきたのだが、それに勘づいた様子はなく、

「そう、じゃ私が浴びて来るので待っててね」

そう言い、リビングを出ていこうとした。

「い、いえ、どうかそのままで。初めてなので自然の匂いも知りたいので」

と、いつもの遣り取りになった。

「まあ、午前中はお買い物して動き回ったのよ」

「どうか、今のままでお願いします」

懇願すると、百合枝も諦めたように頷いた。もともと彼女も、淫気の高まりで待ちきれなくなっているのだろう。

「分かったわ。じゃこっちへ」

百合枝は、奥にある寝室に一樹を招き入れた。

セミダブルのベッドに化粧台、クローゼットなどがあり、訊いてもいないのに彼女は言った。

「夫とは別の寝室なの。仕事を家に持ち込んで遅くまでやるから、いま夫は二階の部屋で寝ているのよ」

「そうですか……」

してみると、寝室内に籠もる生ぬるい匂いは、百合枝だけの体臭なのだろう。

「さあ、じゃ脱ぎましょうね」

彼女が興奮を抑えるように言い、自分からブラウスのボタンを外しはじめた。

そしてカーテンを二重に引いたが、もちろん昼過ぎの光も隙間から射し、観察に支障はなかった。

一樹も手早く全裸になり、先にベッドに横になった。やはり枕には、美熟女の匂いが濃く沁み付き、鼻腔が悩ましく刺激された。

百合枝は背を向け、ためらいなく脱ぎ去ってゆき、新鮮な甘い匂いとともに白い熟れ肌を露わにさせていった。

最後の一枚を脱ぎ去ると、白く豊かな尻が突き出され、見た彼はあまりの艶めかしさに胸が高鳴った。

やがて向き直り、百合枝がベッドに上がり横たわった。

「さあ、最初は何でも好きにしていいわ」

嬉しいことを言われ、彼は身を起こして熟れ肌を見下ろした。

白い爆乳は、左右に流れることなく形良いまま息づいていた。

全体に豊満だがウエストはややくびれ、腰から脚までボリュームあるラインが流れていた。

股間の観察は後回しで、一樹は屈み込んでチュッと乳首に吸い付き、舌で転がしながらもう片方の膨らみにも手を這わせていった。

「アア……」

すぐにも百合枝が熱く喘ぎ、うねうねと熟れ肌をくねらせはじめた。

彼は左右の乳首を順々に含んで舐め回し、顔中を押し付けて豊かで柔らかな膨らみを味わった。

すると、両の乳首を味わった彼に、百合枝が意外なことを言ったのだった。

2

「いいわ、じゃ入れて……」

神妙に身を投げ出し、百合枝が僅かに股を開いて言う。

どうやら夫とは前戯などろくに無く、すぐにも挿入という、まるで江戸時代の武家のようなパターンなのだろう。

あるいは飢えた童貞がすぐにも挿入してくると思い、それでシャワーを断念してくれたのかも知れない。

もちろん一樹の辞書に、そのようなパターンはない。

「い、いいえ、身体中あちこち探検してから、入れるのは最後に」

彼が爆乳から顔を上げて言うと、

「まあ、どんなことを……？」

百合枝がビクリと反応して訊き、甘ったるい匂いを揺らめかせた。

「ここの匂いも知りたいし」

一樹は言って彼女の腕を差し上げ、腋の下に鼻を埋め込んでいった。

すると、そこには何と生ぬるく湿った色っぽい腋毛が煙っていたのである。

（うわ、なんて艶めかしい……）

彼は嬉々として鼻を擦りつけ、腋毛の感触とともに、濃厚に甘ったるく籠もった汗の匂いに噎せ返った。

「あう……、ダメ……」

百合枝がビクリと身じろいで言ったが、かえってくすぐったそうに腋で彼の顔を挟み付けてきた。

腋毛は、ノーマルで淡泊そうな亭主の趣味とも思えないので、もうノースリーブを着る季節ではないし、スポーツジムにも行かず、あるいは自然のままでいることを好むタイプなのかも知れない。

「なんていい匂い……」

「う、嘘よ、汗臭いだけでしょう……」

百合枝は声を震わせて言ったが、一樹は胸いっぱいに嗅いでから、白く滑らかな熟れ肌を舐め下りていった。

形良い臍を探り、肉づきの良い肌の弾力を味わいながら、いつものように股間を後回しにし、腰の豊満なラインから脚を舐め下りていった。

「アア……」

彼女も熱く喘ぎ、拒む気力も湧かないようだった。

やはり若い童貞と初めて接し、しかも娘のボーイフレンドということもあり、その興奮と緊張で朦朧としているのだろう。

丸い膝小僧を軽く嚙み、脛を舐め下りると、そこにもまばらな体毛があり、実に野趣溢れる魅力に映った。

まるで昭和の美女に触れているようである。

脛を舐めて足首まで下りると、彼は足裏に回って舌を這わせ、指の間にも鼻を擦りつけて嗅いだ。指の股は汗と脂に湿り気を帯び、蒸れた匂いが悩ましく籠もって鼻腔を刺激した。

充分に嗅いでから爪先にしゃぶり付き、舌を割り込ませていくと、

「ヒッ……、い、いけないわ、そんなこと……！」

百合枝が息を呑み、クネクネと腰をよじった。

一樹が接した女性の中では百合枝が最年長なのに、最も初々しい反応のようだった。熟れた肉体を持て余すほど欲望は溜まっていても、それほど多くの体験はないのだろう。

こういう反応こそ、録画に残しておきたかったと彼は思った。

構わずに足首を押さえつけ、一樹は全ての指の間を舐め回し、もう片方の足も味と匂いを貪り尽くしてしまった。

そして大股開きにさせ、脚の内側を舐め上げ、白くムッチリと量感ある内腿に舌を這わせ、股間に目を遣った。

ふっくらした丘には黒々と艶のある恥毛が密集し、肉づきが良く丸みを帯びた割れ目からは、ピンクの陰唇がはみ出していた。

そっと指で左右に広げると、かつて桃香が生まれ出てきた膣口が、濡れて妖しく息づいていた。小さな尿道口も見え、包皮の下からは小豆大のクリトリスが光沢を放っている。

彼は吸い寄せられるように、ギュッと顔を埋め込んでいった。

「あう……！」

百合枝が呻き、ボリューム満点の内腿できつく彼の両頬を挟み付けてきた。

一樹は柔らかな茂みに鼻を擦りつけ、蒸れた汗の匂いを貪り、微かに混じるオシッコの匂いも味わった。

舌を挿し入れると、やはり淡い酸味のヌメリが迎えた。膣口に入り組む襞を掻き回し、柔肉をたどってクリトリスまで舐め上げていくと、

「アアッ……！」

彼女がビクッと顔を仰け反らせて喘ぎ、内腿に力を込めてきた。

「ま、まさか、舐めているの？　そんなところを……」

百合枝が声を震わせて股間に手を伸ばし、恐る恐る彼の髪や頬に触れてきた。

まるで、本当に若い男の顔が股間にあるのを確認するようだ。

一樹は執拗にチロチロとクリトリスを舐め回しては、格段に量を増した愛液をすすった。

さらに彼女の両脚を浮かせ、豊満な逆ハート型の白い尻に迫った。

谷間には、薄桃色の蕾が襞を震わせてひっそり収縮し、彼は鼻を埋め込んで嗅いだ。

顔中で豊かな双丘の弾力を味わいながら、蒸れた匂いを貪り、舌を這わせてからヌルッと潜り込ませると、

「あう……、な、何をしているの……」

百合枝が呻き、キュッキュッと肛門できつく舌先を締め付けてきた。内部で舌を蠢かせ、滑らかな粘膜を探っていると、彼女は浮かせた脚をガクガク震わせ、割れ目からは大量の愛液を漏らしてきた。

ようやく脚を下ろすと、彼は左手の人差し指を唾液に濡れた肛門に浅く潜り込ませ、右手の二本の指を膣口に、それぞれの内壁を小刻みに擦りながら再びクリトリスに吸い付いた。

「ダ、ダメ、いっちゃう……、アアーッ……！」

身を反らせた彼女が声を上ずらせると、潮を噴くように大量の愛液が噴出し、彼の指が前後の穴できつく締められた。

やがて力尽きたように百合枝がグッタリと放心すると、ようやく彼も舌を引っ込め、前後の穴からヌルッと指を引き抜いた。

二本の指が、攪拌され白っぽく濁った粘液にまみれ、指先は湯上がりのようにふやけてシワになっていた。

肛門に入っていた指に汚れはないが、嗅ぐと生々しいビネガー臭が感じられ、一樹は激しい興奮に包まれた。

そのまま股間を這い出して添い寝すると、しばらくは百合枝も荒い息遣いを繰り返し、たまにビクッと熟れ肌を震わせているだけだった。

顔を寄せ、喘ぐ口を嗅ぐと熱い息は白粉《おしろい》のような甘い匂いを含み、鼻腔の天井を悩ましく刺激してきた。

そのまま唇を重ね、喘いで乾き気味の唇を舐め、差し入れて滑らかな歯並びをたどると、ようやく歯が開かれて潜り込むことが出来た。

「ンン……」

舌をからませると、百合枝が熱く呻いてチロチロと舌を蠢かせてきた。

一樹は美熟女の息と唾液を味わいながら、彼女の手を握ってペニスに導いた。

「ああ……、硬いわ……」

百合枝が口を離して喘ぎ、ニギニギと愛撫してくれた。

「お口で可愛がって下さい……」

彼が言いながら顔を押しやると、百合枝もノロノロと移動していった。

いくら何でも、夫にフェラチオもしていないということはないだろう。

股を開いて彼女を真ん中に腹這わせると、すぐに百合枝も熱い息を股間に籠もらせ、幹の裏側を舐め上げはじめてくれた。

「ああ、気持ちいい……」

仰向けの受け身体勢になり、彼は美熟女の舌の蠢きに喘いだ。

先端を舐めると、百合枝も丸く開いた口で、張り詰めた亀頭をパクッとくわえてくれた。

熱い鼻息が恥毛をそよがせ、口の中ではクチュクチュと舌がからみついた。

「深く入れて下さい……」

幹を震わせて言うと、彼女もスッポリと喉の奥まで呑み込み、たちまち彼自身は美熟女の生温かな唾液にどっぷりと浸って震えた。

快感に乗じ、小刻みにズンズンと股間を突き上げると、彼女も顔を上下させてスポスポと摩擦してくれたが、まるで口に出されるのを恐れるように、すぐスポンと口を離した。

「ね、お願い、そろそろ入れて……」

百合枝が股間から懇願してきた。やはり指と舌による三点責めの絶頂では納得していないのだろう。

そして彼女はあまりの快感と興奮で、すっかり彼が童貞であることなど頭の隅から吹き飛んでいるようだった。

「じゃ、跨いで上から入れて下さい」

「私が上に……？」

百合枝が訊く。女上位は未経験なのだろうか。

「下から綺麗な顔を見上げるのが、初体験の願いでしたので」

一樹が言って手を引くと百合枝も身を起こして前進し、彼の股間に跨がった。

そしてぎこちなく先端に割れ目を押し当て、ゆっくり腰を沈み込ませながら、若いペニスを膣口に受け入れていったのだった。

3

「い、いいわ……、アアッ……！」

ヌルヌルッと根元まで受け入れ、股間を密着させた百合枝が顔を仰け反らせて喘いだ。一樹も、肉襞の摩擦と温もり、大量の潤いと締め付けを感じながら快感を嚙み締めた。

とうとう、母娘の両方と交わってしまったのだ。

彼は股間に重みと温もりを感じながら、濡れた膣内でヒクヒクと幹を震わせ、両手を伸ばして抱き寄せていった。

百合枝も身を重ね、彼の胸に弾む巨乳を押し付けてきた。

一樹は両膝を立てて豊満な尻を支え、両手でしがみつきながらズンズンと股間を突き上げはじめた。

「アア……、可愛いわ。奥までピッタリと入ってる……」

百合枝が近々と顔を寄せて熱く囁き、合わせて腰を動かした。

彼は甘い白粉臭の吐息でうっとりと鼻腔を満たし、徐々に勢いをつけて動くと溢れる愛液が互いの股間をビショビショにした。

「ね、唾を垂らして……」

「そんなの飲みたいの……？」

言うと彼女が不思議そうに訊き、彼が頷くと口に唾液を溜めてくれた。

そして白っぽく小泡の多い唾液をトロトロと吐き出し、彼は舌に受けて味わいうっとりと喉を潤した。

「美味しいの？」

「うん、鼻もしゃぶって……」

せがむと彼女もリズミカルに腰を遣いながら舌を這わせ、一樹の鼻の穴を舐め回してくれた。

彼はかぐわしい吐息と唾液のヌメリに高まり、突き上げを強めるとクチュクチュと淫らに湿った摩擦音が響いた。

「い、いい気持ち、すぐいきそうよ……」

百合枝が熱く喘ぎ、大量の愛液を漏らしながら収縮を活発にさせた。

たちまち一樹も高まり、

「い、いく……」

「いいわ、いって、中にいっぱい出して……！」

口走ると彼女も声を震わせて答えた。

たちまち一樹は大きな絶頂の快感に全身を貫かれ、熱い大量のザーメンをドクンドクンと勢いよくほとばしらせてしまった。

「あう、熱いわ、いく……、アアーッ……！」

奥深くに噴出を感じた途端、百合枝も激しく喘ぎ、ガクガクと狂おしい痙攣を開始したのだった。

美熟女のオルガスムスは他の女性たちより凄まじく、彼の上で乱れに乱れ、ベッドがギシギシと鳴った。まるで膣口から、全身が吸い込まれてしまいそうな勢いである。

一樹は快感を嚙み締め、心置きなく最後の一滴まで柔肉の奥に出し尽くしていった。

満足しながら突き上げを弱めていくと、百合枝も熟れ肌の強ばりを解き、グッタリともたれかかって遠慮なく体重を預けてきた。

「ああ……、良かった……」

彼女は熱く囁き、まだ名残惜しげにキュッキュッと内部を締め上げた。刺激された幹がヒクヒクと過敏に跳ね上がり、一樹は百合枝の濃厚な吐息を嗅ぎながら余韻を味わったのだった。

やがて重なったまま呼吸を整えると、

「ごめんね、重いでしょう……」

百合枝は言ってティッシュを手にすると、そろそろと身を起こして股間を引き離した。そして割れ目から垂れる分にティッシュを当てて受け、

「バスルームへ」

言ってベッドを下りた。一樹も起きて一緒に寝室を出たが、見知らぬ家の中を全裸で移動するのも妙な気分だった。

バスルームに入ると、そこはマンションなどよりずっと広く、寝転がれるほどの洗い場だった。

互いにシャワーを浴びて股間を洗うと、もちろん彼はムクムクと回復した。

「ね、顔を跨いで……」

広い洗い場に仰向けになり、百合枝の手を引くと、まだ興奮冷めやらぬ様子で彼女も跨がってくれた。

「アア、恥ずかしいわ……」

和式トイレスタイルで彼の顔にしゃがみ込み、百合枝が熱く声を震わせた。

恥毛に籠もる匂いは薄れてしまったが、舌を這わせると新たな愛液がヌラヌラと溢れてきた。

「ね、オシッコして……」

「まあ、どうして……」

「ほんの少しでいいから味わってみたい」

彼が豊満な腰を抱え込んでせがむと、百合枝も拒まなかった。

「何だかドキドキするわ。こんなこと一生に一度きりよ。溺れないでね……」

彼女が息を詰め、尿意を高めながら言った。するとオシッコよりも先に溢れた愛液がツツーッと滴り、それに間もなくチョロチョロと熱い流れが混じって降り注いだ。

「あう……、こんなことするなんて……」

放尿しながら彼女が呻き、一樹は流れを舌に受けて味わった。

仰向けだから噎せないよう注意しながら少し飲み込むと、勢いを増した分が温かく口から溢れて頰を伝い、耳にも流れ込んできた。

味も匂いも淡く上品で、彼はムッチリと張り詰めた内腿の間から流れる泉を味わった。

しかし溺れるほど大量には出てこず、間もなく流れが治まり、ポタポタ滴る雫に再び愛液が混じって糸を引いた。

残り香の中で舐め回すと、

「アアッ、もうダメよ……」

百合枝がビクッと股間を引き離して言い、振り返って彼の勃起を見た。

「もうこんなに……、でも、もう一度するとお夕食の仕度も出来なくなるわ」

彼女が言って屈み込み、張り詰めた亀頭をパクッとくわえた。

どうやら口でしてくれるようだ。一樹は彼女の下半身を引き寄せ、女上位のシックスナインの体勢を取らせ、顔に跨がらせた。

向きが逆になったので、今度は白く豊満な尻が目の前にのしかかってきた。

「ンン……」

百合枝は喉の奥まで呑み込み、熱く呻いて鼻息で陰嚢をくすぐった。

一樹も下から割れ目を舐め、クリトリスに吸い付いた。

「あう、ダメ、集中出来ないわ……」

すると百合枝が口を離して言うので、

「うん、じゃ見るだけにする」

彼が答えると、かえって羞恥が増したように尻が蠢いた。

再び彼女は含んで舌をからめ、顔を上下させスポスポと強烈な摩擦を繰り返してくれた。

一樹も息づく割れ目とピンクの肛門を見上げ、ズンズンと股間を突き上げて絶頂を迫らせていった。見られているだけでも感じるように、割れ目から垂れる愛液がずっと糸を引きっぱなしで彼の顔を濡らしてきた。

「い、いく……、気持ちいい……！」

たちまち彼は絶頂に達して口走り、ありったけのザーメンをドクンドクンと美熟女の口にほとばしらせた。

「ク……」

喉の奥を直撃された百合枝が呻き、それでも摩擦と吸引を続行してくれ、彼は心ゆくまで快感を味わい、最後の一滴まで絞り尽くしていった。

いつものことながら、美女の口を汚すのは、セックスとはまた違った快感と感動があった。

「ああ……」

一樹が満足げに声を洩らし、グッタリと身を投げ出すと、彼女も摩擦を止め、亀頭を含んだまま口に溜まったザーメンをゴクリと飲み込んでくれた。

口腔が締まって駄目押しの快感を得ると、ようやく百合枝も口を離し、なおも濡れた尿道口をペロペロと舐め回した。

「あうう、も、もういいです、有難うございました……」

一樹は過敏に幹を震わせ、腰をよじりながら降参した。

百合枝も舌を引っ込めて身を起こし、もう一度シャワーを浴びた。

「飲んだの初めてだけど、嫌じゃなかったわ。続けて二度目なのに、いっぱい出るのね……」

彼女が言い、ようやく一樹も身を起こして股間を洗い、脂が乗って湯を弾く熟れ肌を見ながら、うっとりと快感の余韻を味わったのだった。

4

(今日は、先生の呼び出しはなさそうだな……)

夕方に帰宅した一樹は、二階の物音に耳を澄ませながら思った。

もう夕食も終え、シャワーと歯磨きを済ませたが、芙美子からのモーションはない。

やはり上と下で近すぎるので、いつでも会えるし、逆に会いすぎて飽きたり、馴れ合いになるのを避けているのかも知れない。

すると桃香からラインが入ったのである。

『いま彼女と夕食を終えて駅で別れたけど、これから行っていいですか』

読むと、彼は股間を疼かせてすぐにもＯＫの返信をした。

今日は最初から遅くなると親に言っていたようだが、割りに早めに解散となったので、桃香も彼に会いたくなったのだろう。

放尿を済ませて、また机の下に小型カメラの設置をして待っていると、すぐに桃香が来た。

「今晩は、今日は急な外出で済みません」

入ってきた彼女は愛くるしい笑窪で言い、ほんのり甘い匂いを漂わせ、持っていた紙袋を隅に置いた。

一樹は、昼間彼女の母親と濃厚なセックスをしたという後ろめたさが、言いようのない興奮となって激しく勃起した。

「その袋は？」

「あ、これは私の高校時代の制服です。お友達が演劇部で、貸して欲しいって言うので前に貸したのが、今日返されたんです」

「わあ、じゃ着てみて。懐かしい姿を見てみたい」

言われて、一樹は勢い込んで言った。

高校を卒業し、まだ半年ちょっとだから充分に着られるだろうし、あの頃の桃香の可憐な姿に迫ってみたかった。

幼馴染みというのは小中学校の同級生で、高校は別だったらしく一樹との面識はない。

「え……、着られるかな……。それに、もう捨てるだけだから、彼女にもクリーニングなんかしないでって言ったんです」

「いいよ。きっと似合うから、まず全て脱いでからその上に着てみて」

一樹は興奮して言いながら、先に自分は全裸になってしまった。

すると桃香も、最初からエッチな気分で来たらしく、すぐにもブラウスとスカートを脱ぎ、ソックスと下着も全て脱ぎ去ってしまった。

その上から濃紺のスカートを穿《は》き、白い長袖のセーラー服を着た。襟と袖は、白線の入った濃紺。スカーフは白だった。

「わあ、可愛い。来て……」

一樹は、高校時代の下級生の姿に目を見張り、仰向けになって誘った。

桃香も、モジモジと羞じらいながらベッドに上がってきたので、

「ここを跨いで座って」

彼は下腹を指して言った。すると桃香も素直に跨がり、裾をめくって一樹の下腹に腰を下ろしてくれたのだった。

ノーパンだから、彼の下腹には割れ目が直にピッタリと密着してきた。

「ああ、変な感じ……」

桃香は座りにくそうにして言ったが、腰を蠢かすたび、湿りはじめた割れ目が肌に擦り付けられた。

「じゃ、足を伸ばして顔に乗せてね」

彼は言い、両の足首を摑んで顔に引き寄せながら、立てた両膝に桃香を寄りかからせた。

「あん……」

彼女は身をくねらせて声を洩らし、左右の素足を一樹の顔に乗せてくれた。

一樹は美少女の全体重を受け、人間椅子になった気分で桃香の足裏を顔中で味わった。

セーラー服姿だから、きっと良い映像が録画されていることだろう。

しかも制服は三年間、桃香が実際に着ていたものだし、今は演劇部だという見知らぬ少女の体臭まで沁み込んでいるかも知れない。

彼は両の足裏を舐め、縮こまった指の間に鼻を押し付けて嗅いだ。今日は朝から動き回っていたから、ムレムレの匂いが実に濃く籠もっていた。

一樹は蒸れた匂いを貪り、しゃぶり付いて両足とも、全ての指の股の汗と脂の湿り気を味わった。

「あう、ダメです……」

桃香は腰をよじって呻き、そのたび密着する割れ目の潤いが増してくる様子が伝わってきた。

「じゃ前に来て跨いでね」

彼は足を顔の左右に下ろし、手を引いて桃香を前進させた。

「は、恥ずかしい……」

自分は着衣なので、なおさら羞恥が増すように言いながら、とうとう桃香は和式トイレスタイルで彼の顔にしゃがみ込んできた。

スカートがめくれ、M字になった脚がムッチリと張り詰め、何やら本当に女子高生のトイレスタイルを真下から見ているようだった。

割れ目からはみ出した花びらは清らかな蜜に潤い、匂いを含んだ熱気と湿り気が彼の顔中を包み込んできた。

腰を抱き寄せて股間に顔を埋めると、ふわりとスカートが覆い、薄暗い内部に温もりが籠もった。

柔らかな若草に鼻を埋め込むと、やはり甘ったるく蒸れた汗の匂いに、ほのかなオシッコの匂いとチーズ臭も混じって鼻腔を刺激した。

一樹はうっとりと胸を満たして匂いを貪りながら、舌を挿し入れて濡れた柔肉を舐め、処女を喪《うしな》った膣口の襞から、ゆっくりと小粒のクリトリスまで舐め上げていった。

「アアッ……！」

スカートの外から、桃香の可憐な喘ぎ声が聞こえてきた。

彼はチロチロとクリトリスを弾くように舐めては、トロトロと溢れてくる蜜をすすった。

やはり彼女が濡れやすいのは、母親譲りだったようだ。

それにしても、同じ日に母と娘の両方と出来るなど、何という幸運であろう。

味と匂いを堪能すると、一樹は桃香の尻の真下に潜り込み、顔中で弾力ある双丘を受け止め、谷間の蕾に鼻を埋め込んで嗅いだ。

蒸れた匂いを貪ってから舌を這わせ、ヌルッと潜り込ませて粘膜を探ると、

「あう……！」

桃香が呻き、肛門でキュッと舌先を締め付けてきた。

やがて前も後ろも充分に味わい、彼女ももう上体を起こしていられなくなっているので、一樹も舌を引っ込めてやった。

「じゃ、お口で可愛がってね」

言うと桃香も素直に移動し、大股開きになった股間に腹這いになり、可憐な顔を迫らせてきた。

「ここ舐めて」

一樹は言い、自ら両脚を浮かせながら両手で尻の谷間を広げた。

彼女と違い、綺麗に洗ったあとだから構わないだろう。

桃香も厭わず口を寄せ、チロチロと肛門を舐めてくれた。

「ああ、気持ちいい……」

彼は申し訳ないような快感に喘ぎ、桃香もヌルッと浅く潜り込ませてくれた。

そして中で舌が蠢くと、一樹は脚を下ろし、

「ここもしゃぶって」

陰嚢を指して言った。桃香が舌を這わせて睾丸を転がし、袋全体を生温かな唾液にまみれさせてくれた。

「ああ、いいよ、じゃしゃぶって……」

股間に熱い息を受け、すっかり高まった彼が言い、せがむように幹を上下させると桃香も前進してきた。

幹に指を添えて裏側を舐め上げ、粘液が滲みはじめた尿道口をペロペロと舐め回し、張り詰めた亀頭をくわえてくれた。

快感に息を弾ませて股間を見ると、可憐なセーラー服姿の美少女が無心にペニスをおしゃぶりしていた。

その眺めに思わず暴発しそうになるが何とか堪えると、桃香もスッポリと呑み込み、上気した頰に笑窪を浮かべて吸い付いた。

熱い鼻息が恥毛をそよがせ、口の中では舌が滑らかにからみついた。

一樹が、唾液にまみれたペニスをズンズンと突き上げると、

「ンンッ……」

桃香が熱く呻き、自分もスポスポと上下に摩擦してくれた。

「い、いきそう……、じゃ跨がって入れてね……」

言うと、彼女がチュパッと口を離して顔を上げ、そのまま身を起こして前進した。裾をめくって彼の股間に跨がり、自分から幹に指を添え、先端に割れ目を押し付けてきたのだ。

そして桃香が息を詰め、ゆっくり腰を沈み込ませていくと、彼自身はヌルヌルッと滑らかな肉襞の摩擦と熱い潤いを受けながら、根元まで深々と呑み込まれていった。

温もりときつい締め付けが彼を包み込み、桃香が座り込んで股間を密着させると、一樹は両手を伸ばして抱き寄せたのだった。

5

「アア……、奥が、熱いわ……」

身を重ねた桃香が喘ぎ、一樹は両膝を立てて尻を支えた。

挿入しても、初回ほどの痛みはなく、むしろ彼女も早く好きな男と一つになりたかったようだ。

「大丈夫？」

「ええ、痛くないです……」

訊くと、桃香が小さく答えた。一樹は彼女のセーラー服をたくし上げ、はみ出した乳房に顔を埋め、乳首に吸い付いていった。

「あん……、いい気持ち……」

桃香も、ビクリと反応して答えた。

初回は股間の痛みに全てを奪われていたが、今は乳首が感じるほど余裕が出て急激な成長を遂げているようだった。

一樹は左右の乳首を交互に含んで舐め回し、顔中で思春期の弾力を味わい、さらに乱れたセーラー服に潜り込み、汗ばんで甘い匂いの籠もる腋の下に鼻を埋め込んでいった。

確かに、桃香の匂いとは別の体臭が感じられる気がするが、それは先入観による錯覚かも知れない。

とにかく美少女の汗の匂いで胸を満たしながら、彼はズンズンと小刻みに股間を突き上げはじめた。

「アア……」

桃香が喘ぎ、応えるようにキュッと締め付けてきた。

きついが潤いが豊富なので、すぐにもヌラヌラと滑らかに動けるようになっていった。

一樹は腋から這い出し、桃香の顔を引き寄せてピッタリと唇を重ねた。

ぷっくりした弾力を味わい、舌を挿し入れて歯並びを左右にたどった。

可愛い八重歯をチロチロと舐めると、すぐ彼女も歯を開いて舌を触れ合わせてきた。

彼は滑らかに蠢く舌を味わい、生温かな唾液のヌメリに酔いしれた。

「もっと唾を出して」

唇を触れ合わせたまま囁くと、桃香も懸命に唾液を分泌させ、熱い鼻息で彼の鼻腔を湿らせながら、トロトロと口移しに注ぎ込んでくれた。

一樹は小泡の多い清らかな唾液を味わい、うっとりと喉を潤しながら、徐々に突き上げを強めていった。

「ああっ……」

「痛いかな？」

「大丈夫です。もっと強くしてもいいです……」

桃香が息を弾ませ、一樹は美少女の口に鼻を押し込むと熱い吐息で鼻腔を満たした。夕食後で、甘酸っぱい果実臭が実に濃厚になり、鼻腔を悩ましく刺激してきた。

彼女も嗅がれるのを羞じらいながら、股間の刺激に否応《いやおう》なく熱い息が弾んだ。

「顔中舐めてヌルヌルにして」

　高まりながらせがむと、桃香も可憐な舌を這わせ、彼の鼻筋から頬までペロペロと舐め回してくれた。舐めるというよりも、垂らした唾液を舌で塗り付ける感じで、たちまち一樹の顔中は、美少女の生温かく清らかな唾液でヌルヌルにまみれた。

「嚙んで……」

　興奮に任せて言うと、桃香も彼の頬や鼻の頭に綺麗な歯並びをキュッキュッと軽く当ててくれた。その刺激が実に新鮮で、彼は美少女に食べられているような感覚に包まれた。

「ああ、いきそう……」

　一樹は、美少女の甘酸っぱい吐息と唾液の匂いに酔いしれ、ヌメリにまみれながら突き上げを強めていった。

　いつしか彼女も腰を動かし、何とも心地よい摩擦を繰り返していた。

　コリコリする恥骨の膨らみが痛いほど擦られ、もう堪らずに一樹は絶頂に達してしまった。

「い、いく……、気持ちいい……！」

一樹は大きな快感に口走り、ありったけの熱いザーメンをドクンドクンと勢いよくほとばしらせた。

昼も夜も、母と娘に女上位で果てたのである。

「アアッ……！」

桃香も声を上げ、ヒクヒクと肌を震わせた。まだオルガスムスには達していないが、痛みがなく、何か快感の芽生えでも感じられれば上出来だろう。

一樹は制服美少女の温もりを味わい、心ゆくまで快感を嚙み締めながら最後の一滴まで出し尽くしていった。

「ああ、すごく気持ち良かった……」

彼は満足げに声を洩らし、突き上げを弱めていった。

桃香も動きを停め、グッタリともたれかかってきた。

「大丈夫だった？　少しきつく動いちゃったけど」

「ええ、何だか気持ち良かったです……」

訊くと桃香も息を弾ませて答え、彼自身は息づく膣内でヒクヒクと過敏に幹を跳ね上げた。そして甘酸っぱい果実臭の吐息を胸いっぱいに嗅ぎながら、うっとりと余韻を味わったのだった。

この分なら、近いうちに桃香も膣感覚のオルガスムスが得られるようになることだろう。

やがて呼吸を整えると、桃香がそろそろと身を起こし、股間を引き離そうとしたので一樹がティッシュを渡した。

「スカートが汚れるといけないよ」

「どうせ捨てるものですから」

「それは勿体ないよ。また演劇部が借りに来るかも知れないし」

彼は言ったが、また桃香と制服プレイがしてみたかったのだ。

桃香も一応ティッシュを股間に当てて引き離し、手早く拭った。

「シャワー借りますね」

桃香が言い、ベッドを下りて制服を脱ぐと、適当に畳んで紙袋に戻した。

一樹も起き上がり、一緒にバスルームに入った。

シャワーで体と股間を流すと、もちろん彼自身はムクムクと回復してきた。

やはりバスルームに入ると、オシッコプレイがしたくなってしまうのである。

本当は、桃香がセーラー服姿で放尿するところを撮りたいが、そうもいかないだろう。

「オシッコ出して」

床に座って言い、彼女を目の前に立たせた。

片方の足をバスタブのふちに乗せ、股間に顔を埋めると舌を這わせ、新たに溢れる蜜をすすった。

「あう……、すぐ出ちゃいそうです……」

桃香も息を詰めて言い、舐めているうち温もりが変わってきた。間もなくチョロチョロと熱い流れがほとばしり、彼は口に受けて味と匂いを堪能しながら喉を潤した。

彼女も、すっかりためらいなく出せるようになり、一樹は淡い味わいと匂いで胸を満たした。

やがて流れが治まると余りの雫をすすり、残り香の中で割れ目を舐め回した。

「アア……、ダメです、感じちゃうから……」

桃香が言って足を下ろし、椅子に座り込んでしまった。遅くなると言っても、そろそろ帰らなければならない頃合いなのだろう。

一樹も回復しているが、今日はこれぐらいで終わりにしようと思った。

何しろ昼も夜も母娘を堪能したのである。

もう一度シャワーを浴びて身体を拭くと、部屋に戻って身繕いをした。
「じゃ帰りますね。本、有難うございました」
桃香は言い、紙袋を持って出ていった。送らなくても、やはり帰り道は明るい
し賑やかなので大丈夫だろう。
一樹はドアをロックし、部屋に戻って小型ＤＶＤカメラのスイッチを切った。
その場で映像を確認すると、しっかりと桃香の可憐なセーラー服姿の映像が撮
れていた。
オナニー衝動に駆られたが、もちろん明日何かあるときのため我慢し、少しで
も多くのザーメンを温存しようと思った。
実際今日は満足で、もし芙美子の呼び出しがあっても無理なようだ。
（いや、芙美子先生が相手なら大丈夫かも……）
一樹は一瞬思ったのだが、その夜は何ら芙美子からのコンタクトは無かったの
である。
彼は灯りを消し、Ｔシャツとトランクスでベッドに横になった。
まだ隅々には桃香の匂いや感触が残って、それに百合枝の記憶までふと甦って
きた。

（今日もすごい一日だったなあ……）

一樹は思い、目を閉じた。

しかし明日、もっとすごい展開になるとは夢にも思わず、あとになって彼は、寝しなにオナニーしなくて良かったと思うことになるのである。

だが今は何も知らず、一樹は満足すぎる一日を振り返りながら、深い睡りに落ちていったのだった。

第五章　二人がかりの戯れ

1

『午後は空いてるかしら。良ければ私の部屋に来て』

翌日の昼前、一樹が大学に行っていると、講義の最中に珠利からのラインが入っていた。

何となく、今日も淫らな予感を感じながら、彼は大丈夫だと返信した。

そして講義を終えると学食で昼食を終え、帰宅して歯磨きとシャワーを済ませてから家を出た。

いつも窓から見えているが、珠利のマンションに行くのは初めてである。

五階まで上がり、チャイムを鳴らすとすぐにドアが開いて珠利が招き入れてくれた。

こちらはワンルームタイプで、珠利は親と離れて一人暮らしである。

上がり込むと、キッチンとテーブルがあり、奥が広い部屋になり、テレビや本棚が置かれている。確かに窓の外には、一樹や芙美子の住むマンションが見えていた。

そして奥の窓際にあるベッドを見ると、何とそこに芙美子が座っているではないか。

「せ、先生……、どうして……」

「昼前に駅で会ったので、一緒に外で昼食していたのよ。午後は、生徒たちによる文化祭の準備で時間が空いたから、帰ってきてしまったの」

一樹が驚いて訊くと、芙美子がレンズの奥から、熱っぽく彼を見つめながら答えた。

「それより松江君、君はこの山代さんとも関係を持っていたのね」

芙美子が笑みを含んで言い、珠利もただ見ているだけなので、どうやら話してしまったようだ。

ただ、いつからで、どちらが先に彼の童貞を奪ったかは珠利もはっきり言わず芙美子は判然としていないようだ。

「私だけじゃ物足りないようね」

「す、済みません。また叩きますか……」

言われて、一樹は二人分の美女の匂いを感じながら答えた。

「ええ、叩くよりひどいお仕置きを二人でするわ。早く脱ぎなさい」

芙美子が言い、立ち上がって自分もブラウスを脱ぎはじめた。見ると、珠利も脱いでいるではないか。

（二人で……？）

一樹は戸惑いと期待に混乱しながら、自分もノロノロと脱いでいった。

そもそも両刀である珠利が彼に協力したのは、芙美子にレズっぽい欲望を抱いていたからなのだ。

どうやら今日の昼食は、珠利は自身の妖しい願望を口にし、さらには一樹との快楽も告白したのだろう。

そして芙美子も、器具による前後のオナニーをしているだけに、通常ではない感覚に興味を覚えたのではないだろうか。

二人は欲望を包み隠さず話し合い、こうして二人で一樹を弄ぶという、3Pの計画を立ててしまったようだ。

妖しい雰囲気でミステリーやオカルト好きの珠利が、その魔力で芙美子を巻き込み、そして芙美子もまた、それに意気投合するだけの多情さを秘めていたに違いない。

とにかくよく見れば、二人のタイプは違うが、それぞれ多様な性的願望の持ち主で、ある意味似ているのかも知れなかった。

「さあ、脱いだら寝て」

芙美子が言い、全裸になった一樹は恐る恐る珠利の匂いの沁み付いたベッドに仰向けになった。

すると二人も一糸まとわぬ姿になり、左右から彼を挟み付けてきたのである。

珠利も、最初は芙美子とレズごっこをするのが目的だったのだろうが、いつの間にか一樹の知らないところで、彼も呼ぼうという今日の話の展開になったようだった。

「いい？　二人で君を半分ずつ食べるから、じっとしているのよ」

芙美子が囁き、彼の乳首にチュッと吸い付いてきた。

するとと珠利も、もう片方の乳首に口を付け、舌を這わせてきたのである。

「あう……」

唐突なダブルの快感に、一樹は思わずビクリと反応して呻いた。

ここは珠利の部屋だが、年上の教師として、芙美子が主導権を握っているらしい。珠利も、3Pの合間に芙美子に触れられれば良く、日頃の妖しい雰囲気は抑えて芙美子に任せているようだ。

とにかく一樹は快感に何も考えられず、左右の乳首を美女たちに吸われ、熱い息に肌をくすぐられながら、チロチロと舐められて悶えるばかりだった。

「か、嚙んで……」

彼が思わず言うと、二人も綺麗な歯並びでキュッと両の乳首を嚙んでくれた。

「あう、もっと強く……」

一樹は、甘美な痛み混じりの刺激にクネクネと悶えながらせがんだ。

まさか自分の人生で、二人の美女から愛撫される日が来るなど夢にも思っていなかったものだ。

二人は左右の乳首への愛撫を止めて移動すると、彼の脇腹や下腹にも舌を這わせ、キュッと歯を食い込ませてきた。

一樹は身悶えながら、二人に全身を食べられている錯覚に陥った。

左右の脇腹を嚙まれるときも、場所も加減も非対称なので、そのどちらにも激しく反応してしまった。

そして二人は、日頃から彼がしているように股間を避け、腰から脚を舐め下りていったのである。

まるで申しわせていたように足首までたどっていくと、二人は同時に彼の足裏を舐め、パクッと爪先にしゃぶり付いてきたのだ。

「く……、そ、そんなことしなくていいですよ……」

一樹は、両足の指の股に二人の舌がヌルッと割り込むのを感じ、申し訳ない思いで呻いた。

まるで生温かな泥濘《ぬかるみ》でも踏むようで、彼は唾液に濡れた指先でそれぞれの舌をつまんだ。

しかし二人は、彼を悦ばせるためというより、自身の欲望を満たすため、二人がかりで一人の男を貪って賞味しているようだから、されて申し訳ないとは思わなくて良いのかも知れない。

やがて両の爪先が全てしゃぶられると、彼は大股開きにされた。

今度は二人は左右の脚の内側を舐め上げ、内腿にも容赦なくキュッと歯が食い込んできた。

「あう！」

一樹は甘美な刺激に呻き、勃起したペニスをヒクヒクと震わせた。

二人も頬を寄せ合いながら進み、股間で熱い息が混じり合って籠もった。

すると芙美子が彼の両脚を浮かせ、尻の谷間を舐め、珠利は尻の丸みを噛んでくれた。

「く……！」

芙美子の舌先がヌルッと潜り込むと、一樹は呻きながら肛門で締め付けた。

内部で舌が蠢くと幹が上下し、彼女が舌を離すと、すかさず珠利も同じように舐め、潜り込ませてきた。

「あう、気持ちいい……」

立て続けの快感に、一樹は熱く呻いた。それぞれの舌の温もりや蠢きが微妙に異なり、だからこそ二人がかりでされている実感が増した。

まして二人の美女の顔の前で、脚を浮かせてペニスも肛門も丸見えにさせているのだ。

ついこの間まで童貞だった彼なら、ダブルの視線だけで果てていただろう。

やがて二人は順々に彼の肛門に舌を挿し入れ、ようやく脚が下ろされると、同時に陰嚢がしゃぶられた。

熱く息を混じらせ、それぞれの睾丸を舌で転がし、チュッと吸われるたび急所なので思わず彼の腰がビクッと浮いた。

女同士の唇や舌が触れ合っても、珠利は元より、芙美子も全く気にならないようである。

陰嚢がミックス唾液に生温かくまみれると、いよいよ二人は前進し、同時にペニスの裏側を舐め上げてきた。

二人分の滑らかな舌が裏側へ幹をたどり、同時に先端に来た。

やはり先に芙美子が粘液の滲む尿道口を舐め、舌を離すと珠利もチロチロと舌で探ってくれた。そして一緒に張り詰めた亀頭をしゃぶり、交互にスポスポと摩擦したのである。

「アア、気持ちいい、いきそう……」

一樹が身を反らせて口走ると、二人が舌を離した。

「まだダメよ、夜まで何回も射精するんだから」

芙美子が言って身を起こし、珠利と一緒に立ち上がってきた。

顔の左右に立たれて見上げると、彼は二人の全裸に圧倒された。

「さあ、こういうふうにしてほしいんでしょう？」

全裸にメガネだけ掛けた芙美子が真上から彼を見下ろして言い、体を支え合いながら珠利と一緒に足を浮かせ、そっと足裏を彼の顔に乗せてきた。

2

「ああ……、すごい……」

二人分の足裏を顔中に受け、一樹は感激と興奮に喘いだ。

それぞれに舌を這わせ、指の股に鼻を押し付けると、どちらも汗と脂に湿り、蒸れた匂いが濃く沁み付いていた。しかも二人分だから濃厚に鼻腔が刺激され、勃起した幹が歓喜に震えた。

一樹はムレムレの匂いを貪ってから、先に芙美子の爪先にしゃぶり付き、全ての指の股を味わってから珠利の足指も貪った。

「アア、いい気持ち……」

二人も熱く喘ぎ、やがて足を交代したので彼は新鮮な味と匂いに酔いしれたのだった。

すると先に芙美子が彼の顔に跨がり、ゆっくりしゃがみ込んできた。脚がM字になって内腿がムッチリと張り詰め、濡れた割れ目が迫ると、珠利も彼に添い寝して一緒に女教師の股間を見上げた。

「綺麗だわ……」

珠利が言い、陰唇とクリトリスに指を這わせた。

「あう……」

芙美子が同性に触れられて呻き、彼の顔にキュッと割れ目を押し付けてきた。

一樹は柔らかな茂みに鼻を埋め、蒸れた汗とオシッコの匂いに噎せ返り、うっとりと胸を満たした。

舌を挿し入れ、生ぬるいヌメリを掻き回し、息づく膣口からクリトリスまで舐め上げていくと、

「アアッ……」

芙美子がビクッと反応して喘ぎ、思わずキュッと座り込んできた。

「私も舐めたい……」

隣で珠利が言い、顔を割り込ませてきた。舌を伸ばして一緒に割れ目を舐めると、芙美子の体臭に混じり、珠利のシナモン臭の吐息が彼の鼻腔を悩ましく刺激してきた。

一緒に割れ目を舐めるので珠利の舌も触れ合い、愛液と唾液の混じったヌメリが心地よく彼の舌を滑らかにさせた。

「アア……、ダメよ、山代さん……」

芙美子は二人がかりの愛撫に喘ぎ、大量の愛液を漏らしてきた。

さらに彼は芙美子の尻の真下に潜り込み、レモンの先のように僅かに突き出たピンクの蕾に鼻を埋め、蒸れた匂いを貪ってから舌を這わせた。

その間、珠利も執拗に芙美子のクリトリスを舐め回していた。

一樹は舌を潜り込ませ、ヌルッとした滑らかな粘膜を探った。アナルセックス体験もある肛門が艶めかしい収縮をし、舌先を締め付けてきた。

「い、入れたいわ……」

前と後ろを同時に舐められ、我慢出来なくなったように芙美子が言って腰を浮かせ、そのまま移動していった。

そして彼の股間に跨がり、先端に割れ目をあてがってきた。

すると珠利が、彼の空いた顔に跨がってきたのである。

芙美子は腰を沈め、ヌルヌルッと一気に根元まで彼自身を呑み込んでいった。

「アア……、いい……！」

彼女が喘ぎ、前にいる珠利の背にもたれかかりながら、キュッキュッと味わうように締め付けた。

一樹も肉襞の摩擦と温もりに包まれながら、珠利の恥毛に鼻を埋め、濃厚に蒸れた匂いを貪りながら舌を這わせた。

もちろん珠利も、芙美子に負けないほど愛液を漏らし、彼の顔の上でクネクネと身悶えていた。

すると珠利が身を反転させ、芙美子と向かい合わせになったのである。

彼は珠利の肛門を嗅ぎ、舌を這わせて潜り込ませながら、上の様子を窺った。

「ンンッ……」

芙美子が熱く鼻を鳴らしたので、どうやら女同士で唇を重ね、舌をからめながら互いの乳房を揉み合っているようだ。

ちょうど仰向けの彼の顔と股間に美女たちが座り、唇を重ねているのだから、横から見れば三角形であろう。

やがて芙美子が腰を動かしはじめ、収縮と潤いを増していった。

「アア……、い、いきそうよ……」

芙美子が言って口を離し、彼に身を重ねてきたので珠利も場所を空けて添い寝してきた。

一樹も股間を突き上げながら顔を上げ、二人の乳首を順々に含んで舐め、二人分の膨らみを顔中で味わった。混じり合った汗の匂いが馥郁と鼻腔を刺激し、彼は乳首から腋の下まで存分に貪った。

芙美子は上からのしかかり、股間を擦り付けるように動かしながら、大量の愛液で互いの股間をビショビショにさせた。

そして二人の顔を引き寄せ、三人で唇を重ねて舌をからめたのだ。

三人が鼻を突き合わせているので、一樹の顔中は二人分の息に湿り、どちらの舌も温かな唾液に濡れて滑らかに蠢いた。

「唾を垂らして……」

下からせがむと、二人も代わる代わる口を寄せてグジューッと唾液を吐き出してくれ、彼は大量のミックス唾液を味わい、うっとりと喉を潤して甘美な悦びに包まれた。

もう限界である。一樹は芙美子の吐き出す花粉臭の吐息と、珠利のシナモン臭で鼻腔を刺激されながら高まった。しかも昼食後だから、微かなオニオン臭も混じって興奮が高まった。

美女たちの吐息を同時に嗅げるなど、一生に一回きりかも知れない。

「い、いく……、アアッ……！」

たちまち絶頂に達し、彼は喘ぎながらドクンドクンと大量のザーメンを勢いよく芙美子の中にほとばしらせた。

「か、感じる、いいわ……、アアーッ……！」

噴出を受け止めると芙美子も声を上ずらせ、ガクガクと狂おしいオルガスムスの痙攣を開始した。

吸い込むような収縮の中、一樹は二人分の唾液と吐息を味わいながら快感を嚙み締め、心置きなく最後の一滴まで出し尽くしていった。

「ああ……」

一樹は声を洩らし、すっかり満足しながら身を投げ出していった。

執拗に腰を動かしていた芙美子も、やがてグッタリともたれかかり、

「アア……、すごく良かったわ……」

声を震わせ、いつまでも膣内の収縮を繰り返した。

一樹はヒクヒクと内部で幹を過敏に震わせ、二人分のかぐわしい吐息と体臭で鼻腔を満たしながら、うっとりと快感の余韻に浸り込んでいった。

何という贅沢な体験であろうか。感激と興奮がいつまでもくすぶり、激しい胸の動悸が治まらなかった。

やがて芙美子がそろそろと股間を引き離し、ゴロリと横になると、まだ元気な珠利が顔を寄せ、愛液とザーメンにまみれたペニスにしゃぶりつき、丁寧に舌を這わせてくれた。

「あう……、ど、どうか、もうすこし経ってから……」

一樹は腰をくねらせて呻き、あとに期待しながら贅沢なことを言うと、珠利もヌメリだけ吸い取って顔を上げた。

「一度、シャワーを借りていいかしら……」

「ええ、行きましょう」

芙美子が呼吸を整えて言うと、珠利も頷いて身を起こした。

やはり珠利の家だし、まだ彼女は満足していないので芙美子は気遣いを見せていたが、一樹にとっても一度休憩するのは望ましかった。

三人でバスルームに移動したが、狭いユニットバスだったので、三人はバスタブの中に立ってシャワーを浴びた。

やがて股間を洗うと、一樹はバスタブの中に座り込み、

「オシッコかけて……」

ムクムクと回復しながら言った。

すると二人も拒まず、それぞれバスタブのふちに両足を乗せてしゃがみ込み、左右から股間を彼の顔に寄せてくれたのだ。

何と壮観な眺めだろうか。美女たちが脚をM字にさせ、割れ目を向けているのである。

一樹はそれぞれの割れ目に顔を埋め、舌を挿し入れて味わった。

洗って湿った恥毛には、もうあまり匂いが残っていないのが残念だが、二人とも新たな愛液を漏らし、彼の舌の蠢きをヌラヌラと滑らかにさせた。

ということは、三人での戯れはまだまだ続くようで、二人ともすっかりその気になっているのだろう。

彼は狭いバスタブの中に身を縮め、左右から迫る割れ目を交互に舐めてヌメリをすった。

「あう、出るわ……」

先に珠利が言い、チョロチョロと熱い流れを放ってきた。

そちらに顔を向け、舌に受けて味わいはじめると、すぐに反対側からもポタポタと熱い雫が肌に滴り、

「アア……」

芙美子も喘いで放尿を開始してくれた。彼は熱い流れを浴び、混じり合った匂いに勃起しながら、それぞれの流れで喉を潤したのだった。

あまり溜まっていないようで、どちらも間もなく流れが治まると、彼は二人分の残り香の中で余りの雫をすすったのだった。

3

「さあ、今度は山代さんが入れるといいわ」

もう一度シャワーを浴び、身体を拭いて三人でベッドに戻ると、芙美子が横たわり、一樹を添い寝させて言った。

「ええ、その前に先生を味わいたいわ」

珠利は言い、先に芙美子の乳房に屈み込んで乳首を吸った。前半は芙美子がリードしていたが、今ようやく珠利が主導権を握ったようだ。

「アア……」

芙美子が喘ぎ、クネクネと身をよじった。

同性の愛撫でも抵抗は無いようで、まださっきの余韻があって、すっかり感じやすくなっているのだろう。

あるいは芙美子も珠利のように、今まで同性との体験ぐらいしていたのではないかと一樹は思った。

彼も顔を寄せ、珠利と二人で芙美子の左右の乳首を吸った。珠利は指を割れ目に這わせ、次第にクチュクチュと湿った音も聞こえてくる。

二人の教え子に愛撫される芙美子は、次第に激しく悶えはじめていた。

やがて珠利は芙美子の肌を舐め下り、股間に顔を寄せていった。

「先生、私のも舐めてくれますか。綺麗に洗ったので」

珠利が言い、返事も待たずに身を反転させ、女同士のシックスナインで芙美子の顔に股間を押し当てた。

そして芙美子の割れ目に顔を埋め、舌を這わせはじめたようだ。

「ンンッ……！」

芙美子が熱く呻き、上から密着する珠利の割れ目も舐めていた。

互いの息がそれぞれの股間に籠もり、最も感じる部分を舐め合う美女たちの姿は実に圧巻だった。

一樹は、ただそれを横から見ているだけで勃起が増し、たまに上になっている珠利の尻の谷間を舐め回した。

二人とも感じはじめ、重なったままクネクネと身悶えた。

さらに珠利は芙美子の両足を抱え込んで、尻の谷間に顔を迫らせた。

「わあ、先生の肛門、可愛い」

珠利が囁き、舌を這わせてヌルッと潜り込ませた。

「ク……」

芙美子が呻き、それでも執拗に珠利の割れ目を舐め回していた。

やがて高まった珠利が身を起こして体位を入れ替え、女同士で互いの脚を交差させ、濡れた割れ目を擦り合わせたのだ。

「アア……、いい気持ち……」

珠利が喘ぎ、互いの脚にしがみつきながら腰を動かした。

男と違って突起がないので、女同士の股間はピッタリと合わさり、脚が交差しているので密着感が増して、クチュクチュとくぐもった摩擦音が間から聞こえてきた。

「ああ、い、いきそう……」

珠利が言って身を離し、仰向けにさせた一樹のペニスにしゃぶり付いてきた。いよいよ挿入を求めてきたのだろう。

彼も気を高めて最大限に勃起すると、珠利が唾液に濡らしただけで口を離し、前進して跨がってきた。

そして先端に割れ目を擦り付け、ゆっくり座ると、ヌルヌルッと滑らかに根元まで受け入れて股間を密着させた。

「アア……、いいわ……」

珠利が喘ぎ、キュッと締め付けながら彼に身を重ねてきた。

一樹も温もりと感触を味わいながら下から両手で抱き留め、隣で荒い呼吸を繰り返している芙美子の顔も、また引き寄せて唇を求めた。

珠利はすぐにも股間を擦り付けるように腰を動かしはじめ、彼もズンズンと突き上げ、三人で舌をからめた。

「顔中ヌルヌルにして……」

一樹が高まりながら言うと、二人も彼の顔中に唾液を垂らしては舌で塗り付けてくれた。

「ああ、気持ちいい……」

彼は突き上げを強めて喘ぎ、二人分の唾液と吐息の匂いに酔いしれ、混じり合ったヌメリに絶頂を迫らせていった。

珠利は身悶えながら手を伸ばし、芙美子の割れ目もいじっていて、彼女の股間からもピチャクチャと音がしていた。

やがて先に、珠利がキュッキュッと収縮を強め、

「い、いっちゃう……、ああーッ……！」

声を上ずらせガクガクと狂おしい痙攣を開始したのだ。そのオルガスムスに巻き込まれるように、続いて一樹も昇り詰めた。

「く……！」

激しい快感に呻きながら、ありったけの熱いザーメンをドクンドクンと勢いよくほとばしらせると、

「あう、いい……」

噴出を感じた珠利が駄目押しの快感に呻き、激しく締め上げてきた。

「気持ちいいわ……、いく……！」

するといじられていた芙美子も、二人の絶頂が伝わったように声を上げ、彼の横でヒクヒクと痙攣したのである。

一樹は二人の絶頂を肌に伝えながら、心ゆくまで快感を嚙み締め、最後の一滴まで出し尽くしていった。

すっかり満足して突き上げを弱めていくと、

「アア……」

珠利も声を上げ、グッタリと力を抜いて体重を預けながら、芙美子の割れ目からも指を離した。

芙美子は横から密着し、荒い息遣いを繰り返していた。

一樹は息づく膣内でヒクヒクと幹を過敏に震わせ、上と横からの温もりを味わい、混じり合った濃厚な吐息を嗅ぎながら、うっとりと快感の余韻を嚙み締めたのだった。

「ああ、すっかり堪能したわ。三人で夕食でも行きましょう……」

芙美子が言い、ベッドを下りると先にバスルームへ行った。

そろそろ陽も傾いていた。

すると珠利が股間を引き離し、彼の耳に口を当てて囁いたのだ。

「3Pは全部カメラで撮っておいたわ……」

「え……？」

彼は驚き、珠利が指す方を見ると、確かに机の下には小型カメラらしいものがベッドに向けて設置してあるではないか。

（す、すごい……）

一樹は感動した。珠利は、あくまで男のような欲望を持って、あらゆる行動をしていたのだった。

「じゃ私も浴びてくるので」

珠利は言ってベッドを下りると、DVDカメラのスイッチを切ってから、芙美子のいるバスルームへと行った。

一樹も股間を拭いて身を起こし、やがて二人が出てくると入れ替わりにバスルームに入った。そして二人分の残り香を感じながらシャワーを浴び、部屋に戻って身繕いをした。

やがて三人はマンションを出て、日が暮れる道を歩いてレストランに行った。

生ビールで乾杯して料理をつまんだが、美女たち二人は、もう一切淫らな話題などは出さず、当たり障りない談笑をし、清楚な女教師と女子大生に戻ったようだった。

食事を終えると芙美子が支払ってくれ、珠利は自分のマンションへ戻り、一樹と芙美子もマンションに帰った。歩く間は互いに無言だったが、芙美子に後悔している様子はなく安心したものだ。

マンションに着くと、もう今夜は誘われることもなく、一樹と芙美子は一階と二階に別れたのだった。

4

『講義を終えたらうちへ来て』

翌日も、一樹が大学にいると珠利からのラインが入り、もちろん彼も承諾の返信をした。

昨日は夢のような3Pを過ごしたが、一晩寝れば心身は回復し、それに珠利はきっと、芙美子との3P映像を見せてくれるのだろうと彼は思った。

外出を終えると一樹はいったん帰宅し、歯磨きとシャワーを済ませて珠利のマンションに行った。

そして訪ねるとすぐに珠利が迎え入れてくれ、中に入ると何と、今度はそこに桃香が来ているではないか。

一樹も、3P映像から珠利とのセックスへの流れを期待して来たのだが、また3Pになるのかもしれない。そういえば珠利と桃香は、前からレズごっこをしていたから、芙美子よりすんなり出来るのだろう。

連日の興奮に、彼は激しく勃起した。珠利のことだから、すでに隠しカメラの設置も済んでいるに違いない。

桃香は頰を染めてモジモジしているので、すでに珠利から説得され、承知しているようだった。

「さあ、じゃこっちへ来て脱ぎましょう」

珠利が話など省略して言い、三人でベッドに近づいた。

すぐにも珠利が脱ぎはじめると、すっかり覚悟しているように桃香もブラウスのボタンを外したので、一樹は期待に激しく胸を高鳴らせながら手早く全裸になっていった。

先に、珠利の匂いの沁み付いたベッドに横になり、昨日はここで芙美子とも戯れたのだなと思い出した。

甘ったるく混じり合った匂いを漂わせ、たちまち二人も全裸になるとベッドに上ってきた。

「じゃ二人で味わうので、じっとしていてね」

珠利が言うと、桃香と一緒に勃起したペニスに屈み込んできた。

仰向けの一樹は、股間に二人の息を感じながら幹を震わせた。

二人は同時に舌を伸ばし、尿道口と亀頭をチロチロと舐め回し、交互に含んでは吸い付き、チュパッと離しては交代した。

「ああ……」

一樹は快感に喘ぎ、代わる代わる深々と含まれては、微妙な温もりと感触の違いに燃え上がった。股間には混じり合った息が熱く籠もり、彼自身はミックス唾液にまみれた。

すると二人は顔を上げ、珠利が桃香に囁いた。

「じゃ顔を跨いで、舐めてもらいなさい」

言われた桃香は移動し、恐る恐る彼の顔に跨がり股間を迫らせてきた。

一対一ではしたことがあるが、同性に見られて相当に桃香は羞恥が高まっているようで、そこは大人の芙美子とは違って初々しかった。

もっとも、抵抗なく3Pが出来る方が普通ではないのである。

一樹も真下からの眺めに興奮し、桃香の腰を抱き寄せながら、ムッチリと張り詰めた内腿の間に顔を迫らせた。

ぷっくりした丘の若草に鼻を埋めると、いつもの匂いがして鼻腔が刺激され、舌を這わせると割れ目内部は熱い蜜にたっぷりと濡れていた。

息づく膣口の襞をクチュクチュ掻き回し、小粒のクリトリスまで舐め上げていくと、

「アアッ……！」

美少女が可憐に喘ぎ、思わずキュッと股間を押しつけてきた。

すると珠利が彼の両脚を浮かせ、熱い息を籠もらせながら陰嚢と肛門を舐め回してくれたのだ。

「く……」

彼は呻き、潜り込んだ珠利の舌先を肛門で締め付けながら、桃香の匂いに酔いしれ、垂れる愛液をすすった。

そして一樹は桃香の尻の真下にも潜り込み、顔中に弾力ある双丘を受け止めながら、ピンクの蕾に鼻を埋めて嗅ぎ、珠利にされているようにヌルッと舌を潜り込ませた。

「あう……」

桃香が呻き、モグモグと肛門で舌先を締め付けた。

やがて前も後ろも充分に味わうと、

「も、もうダメです……」

彼女が言い、ビクッと股間を引き離してしまった。一樹はそのまま桃香を座らせ、足首を摑んで足裏を引き寄せた。やはり足裏と爪先は、彼にとって味わわないと気が済まないポイントである。

彼は蒸れた匂いを貪り、両足とも指の股の湿り気を舐め尽くしてしまった。

「いいわ、跨いで入れなさい」

珠利が言い、顔を上げて一樹の脚を下ろすと、桃香もすぐに移動して彼の股間に跨がってきた。

桃香は先端に割れ目を当て、息を詰めて位置を定めると腰を沈め、きつい膣口にヌルヌルッと滑らかに根元まで嵌め込んでいった。

「アァッ……！」

桃香が顔を仰け反らせて喘ぎ、ぺたりと座り込んで股間を密着させた。

一樹も熱いほどの温もりと締め付けを感じ、中で幹を震わせた。

桃香もすでに痛みはなく、一つになった充足感を覚えているようで、あとは珠利がいることに微かな抵抗があるようだった。

その珠利は彼の顔の横に座り、自分も足裏を押し付けてくれた。

彼は足裏に舌を這わせ、指の間に鼻を割り込ませてムレムレの匂いを吸収し、爪先にしゃぶり付いた。

両足とも舐め尽くすと、珠利は一樹の顔に跨がり、すっかり濡れた割れ目を密着させてきた。

彼は、桃香とは微妙に異なる汗とオシッコの匂いを貪り、舌を這わせてヌメリをすすり、クリトリスに吸い付いた。

「アア、いい気持ち……」

珠利が喘ぎ、新たな愛液をトロトロと滴らせてきた。

その間、桃香は膣内を収縮させてペニスを味わっていたが、やがて彼の胸に手を突いて、徐々に腰を動かしはじめたのだ。

愛液の量が増し、彼も股間を突き上げると、たちまち律動がヌラヌラと滑らかになっていった。

すると珠利が自分から前進し、彼の鼻に尻の谷間を密着させてきた。

やはり彼が味わうべき場所を、全て心得ているようだ。

一樹も顔中に張りのある双丘を受け止め、蕾に籠もる蒸れた匂いを味わいながら、舌を這わせてヌルッと潜り込ませた。

「あう、いいわ……」

珠利が呻いて肛門を締め付け、その後ろでは桃香が次第にリズミカルな動きをさせ、息を弾ませていた。クチュクチュと湿った摩擦音も聞こえ、彼自身もジワジワと高まっていった。

ようやく珠利が彼から身を離すと、すぐに桃香が身を重ねてきた。

一樹は抱き留め、両膝を立てて尻を支えながら、潜り込むようにして美少女の乳首にチュッと吸い付き、舌で転がした。

すると昨日のように、添い寝した珠利も乳房を割り込ませてきたのである。

彼は二人分の乳首を順々に含んで舐め回し、顔中で柔らかな膨らみと混じり合った体臭を味わった。

乳首を堪能すると、先に桃香の腋の下に鼻を埋め、濃厚に甘ったるい汗の匂いを貪り、もちろん珠利の腋も嗅いで、混じり合った匂いに噎せ返った。

そして二人の顔を抱き寄せ、三人で唇を重ねた。

桃香の口に舌を挿し入れると、彼女もチロチロと滑らかに舌をからめ、そこへ珠利も割り込んで三人で舐め合った。

一樹は、滴る二人分の唾液をすすり、うっとりと喉を潤した。

一級上の美女と、一級下の美少女のミックス唾液は、この世で最も綺麗な液体だった。

さらに一樹は、代わる代わる二人の口に鼻を押し込み、湿り気ある熱い吐息を胸いっぱいに嗅いだ。

すっかり馴染んだ珠利のシナモン臭が鼻腔を刺激し、桃の実を食べた直後のように甘酸っぱい桃香の濃厚な吐息も彼を酔わせた。

二人の口を引き寄せて同時に嗅ぐと、それぞれの湿った匂いが左右の鼻の穴から入り、鼻腔で悩ましくミックスされ、胸に沁み込んでいった。

「ああ、いい匂い……」

一樹は酔いしれながら言い、股間の突き上げを強めていった。

すると二人も彼の顔中に舌を這わせ、清らかな唾液で生温かくヌルヌルにしてくれた。

「い、いく……！」

彼は快感に口走り、気遣いも忘れて激しく突き上げながら、熱いザーメンをドクンドクンと勢いよく注入した。

「あ、熱いわ……、き、気持ちいい……、アアーッ……！」

すると桃香も声を上ずらせ、ガクガクと痙攣しはじめたではないか。

どうやら初めて、膣感覚でオルガスムスらしきものを体験したようだ。

もう数を何度か過ごしているし、そのうえ今は珠利への対抗意識のようなものもあって、快感の切っ掛けになったのかも知れない。

一樹は二人分の唾液と吐息の匂いを感じながら快感を味わい、きつく締まる膣内に心置きなく最後の一滴まで出し尽くしていった。

「ああ……」

満足して声を洩らし、徐々に突き上げを弱めていくと、

「アア……、今の何……」

桃香も言うなり力尽き、グッタリと彼にもたれかかってきた。

「いけたのね、良かったわ」

重なる桃香の頭を撫でながら、添い寝している珠利が囁いた。

一樹は、まだキュッキュッと締まる膣内で過敏に幹をヒクつかせ、二人の温もりと、混じり合った吐息の匂いで鼻腔を満たして、うっとりと快感の余韻に浸り込んでいったのだった。

5

「じゃ浴びせてね」

バスルームで三人シャワーを浴びると、例により一樹はバスタブの中に座り込んで言った。珠利と桃香も、バスタブのふちに両足でしゃがみ込み、脚をM字にさせて股間を向けてくれた。

昨日のように美女たちが向かい合わせだと顔を向けるのが大変なので、今回、二人はバスタブのふちのL字に並んで踏ん張ったので、九十度の角度で彼は受けられるだろう。

やはり一日違うと学習し、より快適な方法を見つけるものだった。

一樹がそれぞれの割れ目を舐めると、

「あう、出るわ……」

すぐにも珠利が言い、桃香も後れを取って二人の注目を受けないよう、懸命に息を詰めて尿意を高めた。

やがて珠利がチョロチョロと放尿をはじめると、少し遅れても桃香の割れ目からも流れがほとばしってきた。

一樹は、右斜め前方と、左斜め前方から注がれる流れを温かく肌に浴び、混じり合った匂いを感じながら舌に受けた。

どちらも味と匂いは淡く、飲み込むにも抵抗は無かった。

「ああ、気持ちいい……」

彼は混じり合った匂いを吸い込み、それぞれの流れを味わいながら喘いだ。

肌を伝って流れる二人分のオシッコに温かく浸り、彼自身はピンピンに回復していった。

間もなく二人の流れも順々に治まり、彼は舌を這わせて余りの雫をすすり、混じり合った残り香に噎せ返った。

「あう、どうか、もう……」

桃香が、バスタブのふちから落ちそうになって言い、先に足を下ろしてしまった。一樹が顔を離すと、珠利もバスタブの中に立ち、もう一度三人でシャワーを浴びた。

身体を拭き、全裸のまま部屋のベッドに戻ると、また彼は仰向けになって、すっかり元の硬さと大きさを取り戻した幹を震わせた。

やはり相手が二人いると、回復力も倍のようだった。

「二人のお口に出す？　それとも私の中でいく？」

珠利が訊いてきた。

何でも好きなようにしてくれるらしく、彼は興奮を高めた。

「そ、それは珠利さんの中に出したい……」

彼は答えた。

二人がかりのダブルフェラでの射精は魅力だが、何しろ彼は女性の唾液と吐息が好きなので、二人もいるのに顔が股間に集中するのは勿体ないのだ。

「いいわ、じゃ先にお口でするので、いきそうになったら言って」

珠利が気遣い満点に言い、桃香を誘って二人で股間に屈み込んだ。

そして二人で顔を寄せ合い、一緒に亀頭をしゃぶりはじめてくれた。

「ああ、気持ちいい……」

一樹はうっとりと力を抜いて喘ぎ、二人の舌に快感を高めた。

股間を見ると、まるで美しい姉妹が果実でもしゃぶっているようだ。

やがて彼は両脚を浮かせて抱え、尻を突き出すと桃香が陰嚢と肛門を舐めてくれ、珠利は肉棒をスッポリと含んだ。

桃香は舌を挿し入れて蠢かせ、珠利も深々と呑み込んで吸い付きながら舌をからめた。

一樹は、モグモグと肛門で美少女の舌を締め付けながら、珠利の下半身を引き寄せてシックスナインで顔を跨がらせ、これから入れさせてもらう膣口を舐め回した。

匂いは薄れて残念だが、愛液は大洪水になってトロトロと溢れ、舌の動きを滑らかにさせた。

やがて一樹は美女と美少女に前も後ろも同時に舐められ、股間に熱い息を受けながらジワジワと絶頂を迫らせていった。

「い、いきそう……」

彼が言って脚を下ろすと、二人は股間から顔を引き離した。

そして桃香が添い寝してくると、珠利は彼の股間に跨がり、先端を膣口にあてがい、一気にヌルヌルッと嵌め込んでいった。

「アアッ……！」

珠利が顔を仰け反らせて喘ぎ、密着した股間をグリグリと擦り付けた。

そして身を重ねてきたので一樹も両手を回して抱き留め、両膝を立てて尻を支えた。

彼はまた二人の顔を引き寄せ、三人で舌を舐め合った。混じり合った唾液が心地よく滴り、彼が嬉々として喉を鳴らすと、二人もことさら多めにクチュッと吐き出してくれた。

一樹は、二人の混じり合った吐息で鼻腔を刺激されながら高まり、ズンズンと股間を突き上げはじめた。

「あう、いい気持ち……」

珠利が言って動きを合わせ、収縮と潤いを増していった。

「ねえ一樹、二人のどっちが好き？」

顔を寄せて珠利が訊いてくる。

「両方……、珠利さんはお姉さんだし、桃香ちゃんは天使だ……」

彼は答えた。

あと芙美子は女神だが、桃香は彼と芙美子の関係を知らないだろうから名は出さなかったし、珠利も訊いてこなかった。さらに言えない名を出すなら、百合枝は女王様だった。

「ふうん、確かにタイプは違うものね」

珠利は言い、あとは本格的にのしかかってリズミカルに動きを強めてきた。

一樹は、昨日珠利がしたように、桃香の割れ目に指を這わせ、濡れた指の腹でクリトリスをいじってやった。

「ああ……」

桃香も喘ぎ、クネクネと悶えながら高まってきたようだ。

やがて彼も高まりながら、

「噛んで……」

二人の顔を抱き寄せて言うと、二人も彼の唇や頬に軽く歯を当ててくれた。

そして咀嚼《そしゃく》するようにモグモグ動かされると、唇のヌメリと歯の刺激に彼は激しく高まった。

「ああ、気持ちいい、もっと強く……」

一樹は突き上げを強めながらせがみ、二人も歯形が付かない程度に歯を立ててくれた。

まるで美女たちに食べられているような快感と刺激で、たちまち彼は二人の唾液と吐息の匂いに昇り詰めてしまった。

「い、いく……！」

突き上がる大きな快感に口走り、彼はありったけの熱いザーメンをドクンドクンと勢いよく珠利の中にほとばしらせた。

「い、いい……、アアーッ……！」

たちまち珠利も噴出を感じると同時に声を上げ、ガクガクと狂おしいオルガスムスの痙攣を開始したのだった。

するとクリトリスをいじられながら、

「い、いい気持ち……、ああッ……！」

桃香も果てたように声を上げ、クネクネと身をよじった。

珠利の締め付けと収縮の中、彼は心地よい摩擦に酔いしれながら、心置きなく最後の一滴まで出し尽くしていった。

すっかり満足しながら力を抜き、彼は桃香の割れ目から指を離した。

「アア……、良かったわ、すごく……」

珠利も言って、力尽きたようにグッタリと彼にもたれかかってきた。

彼自身は収縮の中でヒクヒクと過敏に幹を跳ね上げ、そのたびにキュッときつく締め上げられた。

そして一樹は昨日のように、上と横からの温もりを感じ、二人の顔を引き寄せて悩ましい吐息を胸いっぱいに嗅ぎながら、うっとりと快感の余韻に浸り込んでいったのだった。

三人で身を投げ出し、身を寄せ合いながら荒い呼吸を混じらせていたが、きっと今日も良い秘密映像が撮れたことだろう。

「桃香、三人で嫌じゃなかった？」

「ううん、楽しかったです。それに、初めての感覚に驚きました……」

珠利が訊くと、桃香もさっきの快感を思い出しながら答えた。

この次は、一樹と桃香の二人きりでも膣感覚のオルガスムスが得られることだろう。

やがて呼吸を整えると、珠利がそろそろと股間を引き離し、桃香を促して女二人でバスルームに入って行った。

何やら一樹は昨日と錯覚し、珠利ともう一人は誰だったろうかと思った。

それほど、連日の3Pはあまりに強烈で、しばらくは茫然自失しそうな気がしたものだった。

それに何しろ、場所もベッドも昨日と全く同じなのである。

やがて二人が出てきたので、彼も入れ替わりにバスルームに入り、混じり合った残り香を感じながらシャワーを浴びたのだった。

第六章　目眩く日よ永遠に

1

「あら、松江さん……」

駅前で、帰宅途中の一樹はばったり百合枝に出逢った。

まだ昼前で、彼は休みなので本屋に行った帰りである。彼女は買い物の帰りのようで荷物を持っていた。

「こんにちは。持ちましょう」

重そうなので彼は持ってやり、一緒に百合枝の家まで歩いた。

「済みません、助かるわ」

甘ったるい匂いを漂わせて百合枝が言う。道々話すと、今日は桃香は高校時代の友人たちと遊びに行っているらしい。

やがて家まで着くと、もちろん彼女は一樹を中に招き入れた。

ドアを内側からロックし、急激に高まった淫気で、さらに美熟女の甘い匂いが濃くなっていた。

百合枝は買ってきたものを急いで冷蔵庫へしまい、すぐにも彼を寝室に招いたのである。

「会えて嬉しいわ。今日、何とか連絡を取りたいと思っていたの」

彼女が熱っぽい眼差しで言う。夫も娘もいない日中なので、どうにも熟れ肌が疼いていたようだった。

一樹も激しく高まって服を脱ぎはじめると、百合枝も気忙しげにブラウスを脱ぎ去っていった。

彼はいつもの習慣で朝シャワーを終えていたから問題なく、彼女も昨夜の入浴が最後ぐらいだろうから濃度もちょうど良いことだろう。

たちまち二人で全裸になると、ベッドに倒れ込んだ。

一樹は、仰向けにさせた彼女の足裏から顔を押し付けていった。

「あう、そんなところを……」

百合枝は驚いて呻いたが、拒みはしなかった。

彼は足裏を舐め、揃った指の間に鼻を押し付け、汗と脂に湿って蒸れた匂いを貪ってから爪先にしゃぶり付いた。

「アア……、朝からさんざん歩いたのに……」

すっかり朦朧となって彼女が喘ぎ、一樹は順々に指の股に舌を割り込ませて味わい、両足とも味と匂いを貪り尽くしてしまった。

そして大股開きにさせて脚の内側を舐め上げ、白くムッチリと量感ある内腿をたどって股間に迫った。

割れ目からはみ出した陰唇はジットリと潤い、指で広げると桃香が生まれ出た膣口からは白っぽく濁る本気汁が滲んでいた。

艶めかしさに吸い寄せられ、一樹は顔を埋め込んでいった。

密集した茂みの隅々には、生ぬるく蒸れた汗とオシッコの匂いが濃厚に籠もって鼻腔が刺激され、彼は舌を挿し入れて淡い酸味のヌメリと膣口の肉襞を掻き回した。

そのまま味わいながらクリトリスまで舐め上げていくと、

「アアッ……！」

百合枝が熱く喘ぎ、ボリュームある内腿でキュッと彼の顔を挟み付けた。

一樹は豊満な腰を抱え込んでチロチロとクリトリスを舐め、泉のように溢れる愛液をすすった。

すっかり熟れた匂いと味を堪能すると、彼女の両脚を浮かせ、大きな尻の谷間に鼻を埋め込んでいった。

ピンクの蕾に籠もる蒸れた匂いを嗅いでから、舌を這わせてヌルッと潜り込ませ、微妙に甘苦く滑らかな粘膜を探りまくった。

「ああ……、ダメ、そこは……」

百合枝が喘ぎ、キュッキュッと肛門で舌先を締め付けた。

一樹は充分に舌を蠢かせてから、脚を下ろして再び割れ目に顔を埋め、大洪水になった潤いを舐め取ってクリトリスに吸い付いた。

「も、もうダメよ、入れて、お願い……」

百合枝が息を弾ませて懇願したので、一樹は身を起こして彼女の巨乳に跨がっていった。

「入れる前に、先っぽを唾で濡らして」

彼は言い、まずは巨乳の間にペニスを挟み、両側から揉んだ。

すると百合枝も顔を上げ、谷間から顔を出した亀頭に舌を這わせてくれた。

一樹は、心地よいパイズリを経験すると、さらに身を乗り出して彼女の口にスッポリと押し込んでいった。

「ンン……」

百合枝は熱く呻き、喉の奥まで呑み込んで吸い付いた。

舌がからまり、たちまち彼自身は温かな唾液にまみれて震えた。

彼はいったん引き抜いて陰嚢を押し付けると、百合枝も真下から熱い息を籠もらせ、舌で睾丸を転がしてくれた。

「ここもお願いします……」

さらに前進し、尻の谷間を押し付けると、彼女は厭わず肛門に舌を這わせ、ヌルッと潜り込ませてくれた。

「あう……」

一樹は快感に呻き、肛門で美熟女の舌を締め付けてから、もう一度亀頭をしゃぶってもらい、彼女の股間に戻っていった。

両脚を浮かせ、先端を膣口に当て、ゆっくり押し込んでいくと、

「アァッ……、いい……！」

百合枝が顔を仰け反らせて喘ぎ、ヌルヌルッと根元まで吸い込んでいった。

一樹も摩擦と温もりを嚙み締め、脚を伸ばして股間を密着させ、熟れ肌に身を重ねた。

屈み込んで乳首に吸い付き、舌で転がしながら豊かな膨らみを顔中で味わい、もう片方も含んで念入りに舐め回した。

さらに腋の下にも鼻を埋め、色っぽい腋毛に沁み付いた濃厚に甘ったるい汗の匂いに噎せ返り、うっとりと胸を満たした。

「ああ……、奥まで突いて、強く何度も……」

百合枝が息を弾ませ、下から両手を回してせがみながら、ズンズンと股間を突き上げてきた。

一樹も腰を突き動かすと、すぐにもクチュクチュと淫らな摩擦音が響いた。上からピッタリと唇を重ね、舌を挿し入れていくと、

「ンンッ……」

百合枝も彼の舌に吸い付いて呻き、熱い息で彼の鼻腔を湿らせた。

次第に動きを強めていくと、中の収縮と潤いが格段に増した。

「アア……、い、いきそう……」

彼女が口を離し、唾液の糸を引きながら熱く喘いだ。

湿り気ある吐息は甘い白粉臭の刺激を含み、馥郁と鼻腔を掻き回してきた。

一樹も股間をぶつけるように激しく動き、急激に絶頂を迫らせていった。

「い、いく……、アアーッ……！」

先に百合枝が声を上ずらせてオルガスムスに達し、彼を乗せたままガクガクと狂おしく腰を跳ね上げた。

その収縮と締め付けの中、続いて一樹も昇り詰めてしまった。

「く……！」

快感に呻きながら、熱い大量のザーメンをドクンドクンと勢いよく中にほとばしらせると、

「あう、もっと……！」

噴出を感じた百合枝が呻き、さらにきつく締め付けてきた。

一樹は心ゆくまで快感を嚙み締め、最後の一滴まで出し尽くすと徐々に動きを弱めていった。

「ああ……、すごいわ……」

百合枝も満足げに声を洩らし、熟れ肌の強ばりを解いてグッタリと身を投げ出していった。一樹も完全に動きを停めると遠慮なく体重を預け、まだ収縮を繰り返す膣内でヒクヒクと過敏に幹を跳ね上げた。

「ああ……、まだ動いてる……」

彼女が喘ぎ、幹の震えを抑えるようにキュッときつく締め付けてきた。

一樹は彼女の喘ぐ口に鼻を押し込み、濃厚な白粉臭の吐息を嗅ぎながら、余韻の中で次はバスルームでオシッコをもらおうと思った。

そして呼吸を整えて、そろそろと身を起こして股間を引き離すと、彼女がティッシュを渡してくれた。

ようやく百合枝も身を起こすと、そのとき枕元のスマホが鳴った。

彼女が手にして確認すると、

「大変、桃香がお友達を連れてくるみたい。家でお昼をしたいって。いま駅にいるらしいわ」

慌てて立ち上がった。

「わあ、大変だ。じゃ僕帰りますね」

一樹も言って、バスルームを断念して慌てて身繕いをした。

駅からなら、歩いて十分足らずだろう。

それでも彼が思ったのは、済んだあとで良かったということだった。

「ごめんなさいね。でも会えて嬉しかったわ」

百合枝も服を着ながら、急いで髪を整えて言った。

「はい、僕もです。ではまた今度ゆっくり」

一樹は着終わると言い、そのまま玄関に向かい、何とか桃香たちと行き合わずにマンションに戻ることが出来たのだった。

2

一樹が帰宅してレトルト食品の昼食を済ませ、ゆっくりシャワーを浴びて食後の歯磨きをした。すると、そこへちょうど珠利からラインが入り、これから来ないかとのことで、彼も応じて出向いていった。

(まさか、今日は3Pじゃないだろうな……)

そんなことを思ったが、どちらにしろ珠利とは快感を分かち合える展開になることだろう。

百合枝と一回きりで最後が慌ただしかったので、一樹はすぐにも珠利に気持ちを切り替えて新たな淫気を湧かせた。

マンションの五階を訪ねると、すぐ珠利が迎え入れてくれたが、今日は誰も来ておらず彼女と一対一のようだ。

「これ、3Pの二回分のDVD、持っていっていいわ」

「わあ、有難う」

珠利が、DVDを二枚渡してくれ、一樹も大喜びで受け取った。

「それから、これは芙美子先生にもらったの」

珠利がベッドに座って、芙美子がアヌス用に使っていた楕円形のローターを出して言う。

「へえ、もう要らないのかな」

「きっと、君がいるからオナニーは卒業じゃないかしら。それより、これを私に試してみて。ローションもあるから」

珠利が脱ぎながら言った。しかもDVDカメラも出したので、また撮っても良いらしい。

一樹は嬉々として脱ぎ去り、互いに全裸になってベッドに上った。

カメラもベッドに向けて置き、録画スイッチを入れた。

ローターの挿入などは、あちこち舐め終わったあとのことである。

一樹は屈み込んで、全裸で仰向けになった珠利の乳首に吸い付き、もう片方を揉みながら舌で転がした。

「ああ……」

珠利もすぐに熱く喘ぎはじめ、クネクネと身悶えて甘ったるい匂いを揺らめかせた。彼の性癖を熟知しているので、今日もまだシャワーを浴びずにいてくれたのだろう。

両の乳首を味わい、腋の下に鼻を埋め、生ぬるく湿って甘ったるい汗の匂いを吸収した。

午前中には美熟女を味わったが、やはり匂いは微妙に異なり、そのどちらも彼の胸をうっとりと酔わせた。どちらの年齢が良いというのではなく、要は女体のナマの匂いが好きなのである。

一樹は珠利の体臭で充分に胸を満たし、腋に舌を這わせてから彼女の肌を下降していった。

臍を探って下腹の弾力を顔中で味わい、腰から脚を舐め下りた。

足裏を舌で探り、指の股に鼻を押し付けて嗅ぐと、汗と脂に生ぬるく湿りムレムレになった匂いが鼻腔を刺激してきた。

両足の匂いを貪ってから爪先にしゃぶり付き、全ての指の間に舌を割り込ませて味わうと、珠利の股を開かせて脚の内側を舐め上げていった。

まずは茂みに鼻を埋め込み、蒸れた汗とオシッコの匂いを吸収し、舌を這わせると割れ目内部は熱い愛液がたっぷりと溢れていた。

一樹が膣口の襞を掻き回し、クリトリスまで舐め上げていくと、

「あう、いい気持ち……」

珠利が腰をくねらせて呻き、さらなる愛液を漏らしてきた。

一樹は味と匂いを堪能し、珠利の両脚を浮かせて尻に迫ると、彼女が自分で両手を当てて谷間を広げてくれた。

ピンクの蕾に鼻を埋め、蒸れた匂いを嗅いでから舌を這わせ、ヌルッと潜り込ませて滑らかな粘膜を探った。

「く……、いい気持ち……、でもアナルセックスはしたくないわ。ローターが限界……」

「うん、分かった」

彼女が肛門で舌先を締め付けて言うのに答え、一樹は口を離すと彼女の蕾にチューブのローションを塗り、何度か指も入れてヌラヌラと動かした。

そしてローターを手にして親指の腹で押し込んでいくと、

「あう……、変な感じ……」

珠利が呻き、懸命に括約筋を緩めて呑み込んでいった。

奥まで入って見えなくなると、彼は電池ボックスのスイッチを入れた。

中からブーンと低い振動音が聞こえ、

「アア……、なんかいい気持ち……、撮って……」

珠利が肛門を息づかせて喘いだ。

一樹も録画中のカメラを手にし、濡れた割れ目と、コードを伸ばして息づく肛門をアップで撮った。

今回も、実に強烈で艶めかしい映像が撮れることだろう。

「前に入れて……」

言われて彼もカメラを置いて、股間を進めていった。

まだおしゃぶりしてもらっていないが、彼も早く挿入したくなったので、亀頭にもローションを塗り付けて先端を押し付けた。

ゆっくりと膣口に挿入していくと、やはりローターが入っているため、いつもより締まりがきつかった。

「あう……、すごいわ……」

珠利が顔を仰け反らせて喘ぎ、ヌルヌルッと根元まで受け入れていった。

一樹は股間を密着させ、温もりと感触を味わいながら、間の肉を通して感じるローターの振動に高まった。

身を重ねると、彼は上から唇を重ね、舌を挿し入れていった。

「ンン……」

前も後ろも塞がれた珠利は熱く呻き、チロチロと舌をからめた。

一樹は熱い息で鼻腔を湿らせながら、徐々に腰を突き動かしはじめた。

「ああ……、すごく感じる……」

口を離した珠利が、濃厚で悩ましいシナモン臭の吐息を弾ませて言う。

「強く突いても大丈夫？」

「いいわ、うんと突いて……」

彼女が答え、一樹も動きを早めてゆき、何とも心地よい締め付けと摩擦に絶頂を迫らせていった。

「いきそう、舐めて……」

珠利の喘ぐ口に鼻を押し付け、かぐわしい吐息を嗅ぎながら言うと、彼女もチロチロと舌を這わせてくれた。

そして動くうち、たちまち一樹は心地よい摩擦と、美女の唾液と吐息に昇り詰めてしまった。

「い、いく……！」

快感に口走り、熱いザーメンをドクンドクンと勢いよく注入すると、

「あう、感じる……、アアーッ……！」

珠利も声を上ずらせ、ガクガクと狂おしいオルガスムスの痙攣を開始した。

締め付けがきつくなったが、大量の愛液で律動は滑らかなまま、彼は快感の中で心置きなく最後の一滴まで出し尽くしていった。

「ああ、気持ち良かった……」

満足して動きを停めたが、ローターの振動が続いて幹が過敏に震えた。

珠利もグッタリと放心状態になり、振動に刺激されていつまでもクネクネと腰をよじっていた。

一樹は、彼女のシナモン臭の吐息を嗅ぎながら余韻を味わった。

「ぬ、抜いて……」

珠利が言うので、彼もそろそろと身を起こし、まずはペニスを引き抜き、ローターのスイッチを切りながら、再びカメラを向けてアップで撮った。

コードを指に巻き付け、ちぎれないよう注意しながらゆっくり引き抜いていくと、見る見る肛門が丸く押し広がって、奥からピンクのローターが顔を覗かせてきた。

「く……」

珠利が呻きながらモグモグと収縮させると、ようやくローターもツルッと抜け落ちた。見ると肛門が丸く広がって粘膜を覗かせたが、見る見るつぼまって元の可憐な形に戻っていった。

ローターに汚れの付着はないが、嗅ぐとほんのり生々しいビネガー臭が感じられ、彼はティッシュに包んで置いた。

そしていったんカメラのスイッチを切って置くと、珠利も身を起こしてベッドを下り、一緒にバスルームに入った。

二人でバスタブの中に入り、シャワーを浴びて股間を洗い流した。

「何か、先生みたいに病みつきになりそうだったわ……」

珠利が興奮覚めやらぬように、前後の穴を塞がれた感覚を思い出して言った。

彼がバスタブの中にしゃがみ込むと、珠利も心得たようにバスタブのふちに上り、脚を大きくM字に開いて股間を向けてくれた。

顔を押し当て、匂いの薄れた割れ目を舐めると、

「アア……、すぐ出るわ……」

彼女が声を震わせて言い、すぐにもチョロチョロと熱い流れをほとばしらせてくれた。

一樹は口に受けて味わい、匂いを感じながら喉を潤した。

溢れた分が肌を伝い、もちろん彼はすぐにもムクムクと回復した。

間もなく流れが治まると、一樹は残り香の中で余りの雫をすすり、彼女も脚を下ろしてもう一度シャワーを浴びたのだった。

3

「じゃおしゃぶりをアップで撮ってあげるわね」

珠利が言い、仰向けになった一樹の股間にカメラを向けて録画を開始した。

そして彼女はモニターを回転させ、自分が映る構図を見ながら先端に舌を伸ばしてきたのだ。

チロチロと尿道口を舐め、さらに幹を舐め下りて陰嚢をしゃぶり、彼の脚を浮かせて肛門まで舐め回してくれた。

「ああ……、気持ちいい……」

一樹は前も後ろも舐められて快感に喘ぎ、しかも録画されていることが興奮を倍加させた。

珠利は舌を潜り込ませ、念入りに中で舌を蠢かせてから、脚を下ろして再び亀頭をしゃぶってくれた。そしてスッポリと呑み込むと舌をからめて吸い付き、顔を上下させてスポスポと摩擦しはじめた。

「い、いきそう……」

すっかり高まった彼が口走ると、すぐに珠利がチュパッと口を離した。

「どっちに出したい？」

珠利が言うので、彼女はどちらでも良いらしい。

「やっぱり、珠利さんと一つになって中に出したい……」

「いいわ」

一樹が答えると、珠利はカメラを置いて身を起こすと、前進して彼の股間に跨がってきた。

唾液に濡れた先端に割れ目を押し当て、ゆっくり腰を沈めると、たちまち彼自身はヌルヌルッと滑らかに根元まで嵌まり込んでいった。

「ああ、いいわ。やっぱりローターなんかない方が集中出来る……」

珠利が股間を密着させて言い、キュッキュッと締め付けてきた。

一樹も、温もりと感触を味わって幹を震わせながら、両手を伸ばして彼女を抱き寄せた。

やはりローターの振動も新鮮だったが、一度試せば気が済む程度のもので、こうして純粋に生身同士が一つになる方が良いのだった。

珠利が身を重ねると、一樹も両手で抱き留め、両膝を立てて尻を支えた。

「飲みたい……」

下から言うだけで、珠利も心得たようにたっぷりと唾液を溜め、形良い唇をすぼめて迫ると、白っぽく小泡の多い唾液をトロトロと吐き出してくれた。

一樹は舌に受けて味わい、生温かなシロップで喉を潤しながら、ズンズンと股間を突き上げはじめていった。

「アア……、いい気持ち、またすぐいきそう……」

珠利も腰を遣いながら喘ぎ、収縮と潤いを増していった。

「ね、下の歯を僕の鼻の下に引っかけて」

高まりながら言うと、珠利も顔を寄せた。

「そんなに女のお口の匂いが好きなの？　誰のが一番いい匂い？」

「みんな違って、みんないい」

一樹が答えると、珠利は苦笑しながらも口を開いて迫り、下の歯並びを彼の鼻の下に当ててくれた。

彼も激しく股間を突き上げながら、美女の口の中を心ゆくまで嗅ぎ、シナモン臭の刺激で胸を満たした。

匂いそのものより、嗅がせてくれることが最も嬉しかった。

この位置だと、彼女の鼻の穴が目の前で丸見えになっている。そのアングルを知ったら恥ずかしがって嫌がるかも知れない。

とにかく彼は悩ましい吐息の匂いで鼻腔を刺激され、珠利の鼻の穴を見つめながら動き続け、やがて急激に絶頂を迫らせた。

すると先に、珠利の方がガクガクと狂おしい痙攣を開始したのだ。

「い、いっちゃう、気持ちいいわ、アアーッ……！」

彼女がオルガスムスの快感に声を上ずらせると、続いて一樹も昇り詰めた。

「く……！」

突き上がる大きな快感に呻き、ありったけの熱いザーメンを勢いよく柔肉の奥に向けて噴出させた。

「あう、熱いわ、もっと……」

深い部分を直撃され、珠利も駄目押しの快感に呻きながら悶え続けた。

一樹も快感を嚙み締め、美女の匂いと感触を味わいながら心置きなく最後の一滴まで出し尽くしていった。

満足しながら突き上げを弱めていくと、珠利も力を抜いてグッタリと彼に体重を預けてきた。

まだ収縮を続ける膣内で彼自身はヒクヒクと過敏に震え、一樹は珠利の吐息を嗅ぎながら、うっとりと快感の余韻に浸り込んでいった。

「三人も楽しいけど、やっぱり一対一が一番いいわね……」

珠利が熱い息遣いを繰り返しながら囁く。

「うん、確かに……」

一樹も頷きながら答えた。

やはり3Pは滅多にないお祭りのようなものであり、本来は男女が一対一で密室にいる方が淫靡で良いのだと実感した。

やがて身を離し、珠利はティッシュで割れ目を拭いてから、彼の股間に屈み込み、濡れた亀頭をしゃぶりながら再びアップで撮った。

「あう……」

一樹は呻いたが、男の気持ちが分かり、何から何まで気を回してくれる珠利には感謝しかなかった。

やがて珠利がカメラのスイッチを切ると、すっかり日も傾いているので、彼もこのまま帰ることにしたのだった。

自室に戻ると、一樹は珠利にもらったDVDを棚に置いた。

これで珠利のおかげもあり、女性と縁が薄くなった頃のオカズには事欠かないだろう。

日が暮れると一樹は夕食を終え、歯磨きとシャワーも済ませた。

思えば、八日前が芙美子の引っ越し手伝いの日だった。その時は一樹もまだ完全無垢な童貞で、この八日間があまりに目眩《めくるめ》く日々だったのだ。

その芙美子も、まだ二階には帰っていないようである。

そういえば今日は高校の文化祭の最終日ということだから、あるいは教師たちは打ち上げの宴会でもやっているのかも知れない。

と、そのとき外に野太い声が聞こえてきた。

一樹が急いで玄関に行ってドアの魚眼レンズを見ると、男が女性を支えて階段を上っているところだった。

「大丈夫か、さあしっかり」

男が言う。どこかで聞いたような声だが、レンズでは女性が芙美子かどうか分からず、すぐ見えなくなった。

そうするうち、二階で物音がしたので、どうやらその二人が部屋に入ったらしく、一樹は胸騒ぎがした。

（まさか、男を連れて来たのかな……）

一樹は不安に、居ても立ってもいられなくなってしまった。

そこへ、スマホが鳴ったのである。

珠利からで、珍しくラインではなく電話だった。

4

「二階が大変だわ。芙美子先生が襲われてる。早く合い鍵で行ってあげて！」

珠利の切迫した声が聞こえた。どうやらベランダの窓からこちらを見ていたらしい。

一樹もすぐに合い鍵を持ち、スマホを持ったまま玄関を飛び出した。

階段を駆け上がり、芙美子の部屋のチャイムを鳴らしノブを回したが、やはりロックされていた。

急いで合い鍵で開け、サンダルを脱いで上がり込んだ。

奥の寝室を見ると、ベッドにまだ着衣の芙美子が横になり、上から大男が押さえつけていた。

「何、誰だ……！」

気配に男が振り返ると、一樹はその顔に見覚えがあった。

母校の体育教師、杉井《すぎい》。三十歳前後の妻子持ちである。運動が苦手だった一樹のことは、杉井は覚えていないだろう。

「す、杉井先生じゃないですか。何してるんです」

一樹が恐怖を堪え、スマホの動画を向けながら言うと、杉井は身を起こして向き直り、名を言われたことと、なぜロックしたのに入れるんだという怪訝な顔をした。

柔道の有段者である杉井が本気になれば、一樹など秒殺だろう。

「どこかで見た顔だな」

「おとこし卒業したOBですよ。それより芙美子先生大丈夫ですか」

「ああ、酔ったから送ってきて介抱してるだけだ。それよりなぜスマホを向けている！」

杉井は言ったが、

「助けて、襲われるところだったの……」

芙美子が朦朧としながら言った。

「ええ、襲おうとしているところから撮っていました」

「なにい……！」

一樹がレンズを向けながら言うと、杉井が気色ばんで迫った。

「おっと、このスマホを奪って壊しても動画は送信されてますよ。ほら、あそこの仲間に」

一樹は言い、後ずさりながら窓の外を指した。

杉井もそちらに目を遣ると、確かに向こうのマンションの五階から、珠利が手を振っていた。

「なに……！」

それを目に止めた杉井が、絶句して硬直した。

「さあ、証拠は揃ってるけど、このまま帰るなら消去して不問にします。先生も、不祥事が学校や家庭に知られるのは困るでしょう。動画があるから、酔ってて覚えてないなんて言い訳も通用しません」

言うと、酒の匂いを漂わせている杉井は憤懣やるかたないといった感じで立ち尽くした。

それでも、さすがに淫気だけは覚め、判断する頭ぐらい残っていたようだ。

「こ、これで帰ればいいんだな……」

「そうです。そうすれば責任持って動画は消します」

「分かった……。石川先生、済まなかった。どうか無かったことにして、忘れて下さい……」

杉井は芙美子に頭を下げて言い、そのまま肩を落として玄関に行った。

そして杉井が散らばった靴を履いて出ていくと、すぐに一樹はドアを閉めてロックした。

そして寝室に戻り、芙美子を気遣いながら珠利に電話をした。

「ああ、高校の体育の杉井だった。諭して帰らしたので、もう芙美子先生は大丈夫だよ」

「そう、良かったわ。お疲れ様」

言うと珠利も答えてスマホを切り、もう一度彼方のベランダから手を振って中に入って窓とカーテンを閉めた。

一樹も寝室のカーテンを閉め、杉井が恐ろしかったので呼吸を整えながら、まだ項垂れている芙美子に言った。

「先生、本当に大丈夫……？」

「ええ、ずいぶん飲まされて……、強引に送ると言って……。でも助かったわ、どうも有難う……」

芙美子が座ったまま、彼に頭を下げて言った。

恐らく彼女は杉井がロックもせず中に入ったと思い、また合い鍵の存在は知られずに済んだようだった。

「油断して飲んだ私も悪いの。ごめんなさい。今日は一人にして……」

「分かりました。ちゃんとロックして下さいね。では」

一樹も答え、静かに玄関から出ていった。

外を窺うと、もう杉井の姿もないので大人しく帰ったのだろう。

一樹は安心して部屋に戻り、一息ついた。

今回は、珠利の部屋からこちらが見えるということと、一樹が二階の合い鍵を持っていることが解決に繋がったのだ。この分なら、ミステリーマニアの珠利と少年探偵団でも結成出来るかも知れない。

しかし、そんなことを思っていると間もなくチャイムが鳴り、出てみるとジャージ姿に着替えた芙美子が立っていたのである。

5

「やっぱり一人じゃ恐いわ。泊めて……」

「いいですよ。どうぞ」

芙美子が言い、一樹は彼女を招き入れてドアをロックした。

あとで話を聞くと、明日は文化祭明けで休校らしい。生徒は片付けに登校するようだが、芙美子は特に用もないようだった。

一樹は、彼女をリビングでなく自室のベッドに座らせた。

まだ酔いが残っているのか、甘ったるい匂いが濃く漂った。時間からしてジャージに着替えただけで、シャワーも浴びていないようだ。

一樹は、まだショックに俯いている芙美子の顔を上げさせ、ピッタリと唇を重ねた。

「ンン……」

彼女も拒むことはせず、舌を挿し入れるとネットリと絡み付けながら、熱く鼻を鳴らした。

芙美子の湿り気ある吐息は、いつもの花粉臭にアルコールの香気が混じり、さらに微かに生臭い成分が感じられるので、着替えの時トイレで吐いたのかも知れない。

新鮮な刺激と、美しい芙美子の顔とのギャップに萌え、一樹はムクムクと激しく勃起してきた。

「ね、脱ぎましょう」

唇を離して言い、ジャージをたくし上げると、彼女も後はノロノロと自分で脱ぎはじめてくれた。一樹も手早く全裸になってベッドに横になりながら、録画するのを忘れたと悔やんだ。

しかし考えてみれば、年中強烈な行為に溺れられるのだから、いちいち撮ることもないのである。むしろ、あとに残らず今この時だけが全てという方が、行為と快感に集中出来るのかも知れない。

やがて芙美子も一糸まとわぬ姿になり、彼に添い寝してきた。

「山代さんが、窓から見ていて松江君に報せてくれたのね……」

「そうです、洗濯物を取り込んで何気なく見たら、異変を感じたようで」

芙美子が言い、一樹も、珠利が年中双眼鏡でこちらを見ているわけではないことを強調して答えた。

「助かったわ……。来てくれなかったら、私はどうなっていたかしら……」

「無事だったんだから、もう良いでしょう。今度何かあれば、映像を出して訴えられますので」

芙美子が声を震わせたが、彼は宥《なだ》めるように答えた。

実際、杉井は校内で芙美子と顔を合わせても小さくなっていることだろう。

それより一樹は、芙美子があの逞しい杉井に犯されなくて良かったと心から思った。それはもちろん芙美子の心と体の傷よりも、彼女が杉井の巨根に魅せられたら困るという思いだった。

修学旅行のあと、運動部の誰かが、杉井は大変な巨根だと言っていたことがあるのだ。

まして芙美子はバイブオナニーに慣れているのだから、標準的な一樹より、逞しい方が良いのではないか。いかに心が拒んでも、肉体の方で反応してしまうほど芙美子は性的に成熟しているのである。

とにかく無事に済み、一樹も気持ちを切り替えて、甘えるように芙美子に腕枕してもらった。

ジットリ湿った腋の下に鼻を埋め、濃厚に甘ったるい汗の匂いを嗅ぎながら、目の前で息づく乳房に指を這わせた。

芙美子も恐怖と緊張の直後だから、その匂いは今までで一番濃く、彼の鼻腔を悩ましく搔き回した。

胸を満たしながらコリコリと乳首を弄び、徐々に彼女の息遣いが弾んでくると一樹は移動してチュッと乳首に吸い付いていった。

「アア……、どうか激しくして……」

芙美子が喘ぎはじめ、彼も左右の乳首を交互に含んで舌で転がした。

激しくされたいのは、杉井の恐怖を忘れたいのではなく、もしあのまま犯されたらという想定で感じたいのではないだろうか。

まあ、いちいち考えても仕方がない。とにかく一樹も自分の欲望に専念し、熱を込めて愛撫することにした。

そっと乳首を前歯で挟み、軽く噛んで刺激すると、

「あう、もっと強く……！」

芙美子がクネクネと悶え、さらなる刺激をせがんできた。

彼も左右の乳首を代わる代わる歯で愛撫し、滑らかな肌を舐め下りていった。

形良い臍を探り、張り詰めた下腹の弾力を味わうと、肌はうっすらと汗の味がした。

一樹は腰のラインから脚を舐め下り、足裏にも舌を這わせながら指の間に鼻を押し付けて嗅いだ。ここもいつになく蒸れた匂いが濃く沁み付き、彼は胸いっぱいに吸収してから、爪先にしゃぶり付いて舌を割り込ませ、生ぬるい汗と脂の湿

り気を貪った。

「アア……、汚いのに……」

芙美子が朦朧として声を洩らし、彼は両足ともしゃぶり尽くしてから股を開かせ、脚の内側を舐め上げて股間に迫っていった。

ムッチリとして滑らかな内腿をたどって割れ目を見ると、そこは驚くほど大量の熱い愛液にまみれていた。

恥毛の丘に鼻を埋めると、やはり濃厚に蒸れた汗とオシッコの匂いが悩ましく籠もり、彼の鼻腔を掻き回してきた。

「なんていい匂い……」

「あう！」

執拗に嗅ぎながら言うと、芙美子が呻いてキュッときつく彼の両頬を内腿で挟み付けてきた。一樹は舌を這わせて熱いヌメリを味わい、息づく膣口からクリトリスまでゆっくり舐め上げていくと、

「アアッ……、いい気持ち……」

芙美子が内腿に力を込めて喘ぎ、ビクリと身を反り返らせた。

一樹は愛液をすすり、匂いに噎せ返り、充分に舌を這わせてから彼女の両脚を

浮かせ、尻に迫っていった。

谷間の蕾に鼻を埋めると、顔中に双丘が密着して弾み、生ぬるく蒸れた匂いが鼻腔を刺激してきた。

彼は貪るように嗅いでから舌を這わせ、収縮する襞を濡らしてヌルッと潜り込ませ、滑らかな粘膜を味わった。

「く……！」

芙美子が呻き、ローター挿入に慣れた肛門がキュッキュッと舌先を締め付けてきた。彼は舌を蠢かせ、微妙に甘苦い粘膜を探ってから、ようやく脚を下ろして添い寝していった。

「今度は先生がして……」

仰向けになって言うと、芙美子もノロノロと移動し、大股開きになった彼の股間に腹這いになって顔を寄せた。

一樹が両脚を浮かせて尻を突き出すと、彼女もチロチロと肛門に舌を這わせ、熱い鼻息で陰嚢をくすぐりながらヌルッと潜り込ませてくれた。

「あう、気持ちいい……」

一樹は妖しい快感に呻き、美人教師の舌先をモグモグと肛門で締め付けた。

あまり長いと申し訳ないので、やがて脚を下ろすと彼女も舌を引き離した。

そのまま鼻先の陰嚢をしゃぶり、睾丸を舌で転がしながら熱い息を股間に籠もらせた。

袋全体を充分に唾液にまみれさせると、芙美子は自分から前進して肉棒の裏側をゆっくり舐め上げてきた。

滑らかな舌が先端に達すると、彼女は指を添えて幹を支え、粘液の滲む尿道口を充分に舐め回し、張り詰めた亀頭をくわえてスッポリと喉の奥まで呑み込んでいった。

「アア……」

彼は身を反らせて喘ぎ、美人教師の口の中で快感にヒクヒクと幹を震わせた。

芙美子は幹を締め付けて吸い、口の中ではクチュクチュと満遍なく舌をからめて、彼自身を清らかな唾液に浸してくれた。

一樹がズンズンと股間を突き上げると、彼女も顔を上下させ、濡れた口でスポスポと摩擦してくれたが、やがて自分からスポンと口を離した。

「いい？　入れるわ……」

芙美子が言って身を起こし、前進して彼の股間に跨がった。そして先端に割れ目を押し付け、息を詰めてゆっくりと腰を沈み込ませていった。

「アアッ……、いい……！」

ヌルヌルッと根元まで受け入れると、芙美子が顔を仰け反らせて喘ぎ、ピッタリと股間を密着させてきた。

一樹も肉襞の摩擦と締め付け、潤いと温もりを嚙み締めながら、股間に彼女の重みを受け、中でヒクヒクとペニスを上下させた。

彼女も座り込んだままグリグリと股間を擦り付けていたが、やがて身を重ねてきたので一樹も両手で抱き留め、膝を立てて尻を支えた。

すると芙美子が上からピッタリと唇を重ね、舌を挿し入れてきた。

彼も受け入れて舌をからめ、生温かな唾液に濡れてチロチロと蠢く舌の滑らかさに酔いしれた。

熱く濃厚な鼻息が一樹の鼻腔を湿らせ、彼は興奮と快感を高めながら徐々に股間を突き上げはじめた。

「アア……」

芙美子が口を離して喘ぎ、自分からも腰を遣って動きを合わせてきた。

たちまち二人の動きがリズミカルに一致し、股間をぶつけ合うたびピチャクチャと湿った摩擦音が聞こえてきた。

愛液の量も、いつになく粗相したように多くて律動を滑らかにさせ、溢れた分が彼の肛門の方まで温かく伝い流れた。

一樹は突き上げを強めながら、彼女の喘ぐ口に鼻を押し込み、濃厚な花粉臭の吐息で胸を満たした。生臭い成分とアルコールの香気はだいぶ薄れたが、彼は芙美子の匂いにうっとりと酔いしれながら動き続けた。

「い、いっちゃう……、アアーッ……!」

先に芙美子が声を上ずらせ、ガクガクと狂おしい痙攣を開始した。膣内も、オルガスムスの激しい収縮が押し寄せ、その勢いに巻き込まれて彼も昇り詰めてしまった。

「く……、気持ちいい……!」

一樹が呻きながら、ありったけの熱いザーメンをドクンドクンと勢いよく内部にほとばしらせると、

「あう、もっと……!」

噴出を感じた芙美子も呻き、彼の上でクネクネと乱れに乱れた。

一樹は腰を跳ね上げ、心地よい摩擦を味わいながら最後の一滴まで出し尽くし

ていった。

すっかり満足して股間の突き上げを弱めていくと、

「ああ……！」

芙美子も強ばりを解いて声を洩らし、グッタリと彼にもたれかかってきた。

まだ膣内は名残惜しげな収縮が繰り返され、刺激されるたび過敏になった幹がヒクヒクと跳ね上がった。

そして一樹は彼女の重みと温もりを受け止め、熱く濃厚な吐息を間近に嗅ぎながら、うっとりと快感の余韻に浸り込んでいったのだった。

重なったまま呼吸を整えると、やがて芙美子がノロノロと身を起こした。

「このままバスルームへ行きましょう」

彼が言うと、芙美子はメガネを外して枕元に置き、そっと股間を引き離してティッシュを当てた。

処理を終えると一樹も一緒にベッドを下り、バスルームに移動した。

互いにシャワーを浴び、もう彼も今日の射精は充分だし芙美子も疲れているようだが、それでも彼女の出したものは欲しかった。

「出して……」

床に座って言い、彼女を目の前に立たせた。

芙美子も心得たように、自分から片方の足を浮かせてバスタブのふちに乗せてくれた。

股間に顔を埋め、すっかり薄れた匂いを貪りながら舌を這わせると、すぐにも奥の柔肉が迫り出すように盛り上がり、味わいと温もりが変化した。

「あう、出るわ……」

彼女が短く言い、すぐにもチョロチョロと熱い流れがほとばしってきた。

一樹は舌に受けて味わい、これにもほのかなアルコールの香気が混じるのを感じながら喉に流し込んだ。

勢いが付くと溢れた分が肌を温かく伝い流れ、当然ながら彼自身はムクムクと回復してきてしまった。

間もなく流れが治まると、彼は普段より濃い残り香の中で余りの雫をすすり、舌を挿し入れて濡れた割れ目内部を舐め回した。

「も、もうダメ……」

ビクッと反応した芙美子が言い、脚を下ろして椅子に座り込んだ。

一樹はもう一度二人でシャワーを浴び、身体を拭いてバスルームを出た。

「一緒に寝ましょう。裸のままで……」

芙美子が言って横になったので、彼も灯りを消して添い寝した。

「明日も、一日中休むわけにいかないから、午後にでも少し学校に顔を出すわ」

「分かりました。それまでゆっくりしましょう」

彼は答え、芙美子の温もりを感じながら力を抜いた。

さすがに一樹も今日は朝から多くの体験で疲れていたので、勃起も自然に治まってくれた。

芙美子も、そう早く起きなくて済むなら、まず寝起きに一回出来るだろう。

間もなく芙美子の軽やかな寝息が聞こえ、一樹も彼女の匂いを感じながら目を閉じた。緊張に眠れないかとも思ったのだが、すぐに彼も深い睡りに落ちていったのだった……。


——翌朝、日の出前で空が白みはじめた頃、一樹は目を覚ました。

横では芙美子が眠っている。メガネを外し、目を閉じた顔も実に美しく、彼は思わず見惚れてしまった。

「あ……」

するとその気配に、芙美子も目を開いて小さく声を洩らしたのである。

彼女は一瞬ここがどこか分からず周囲を見回したが、すぐに一樹の顔を認めると、ピッタリと身を寄せてきてくれた。

彼も芙美子の肌に触れ、さらに寝起きで濃厚になった吐息を嗅ぎながら、朝立ちの勢いもありゾクゾクと淫気を高めていった。

（さあ、今日も頑張って快感を分かち合おう。明日も明後日も……）

一樹は思い、女教師の胸に顔を埋め込んでいったのだった。

本書は書き下ろしです。

実業之日本社文庫 む217

美人教師《びじんきょうし》の秘蜜《ひみつ》

2022年10月15日　初版第1刷発行

著　者　睦月影郎《むつきかげろう》

発行者　岩野裕一
発行所　株式会社実業之日本社
〒107-0062　東京都港区南青山5-4-30
emergence aoyama complex 3F
電話［編集］03(6809)0473［販売］03(6809)0495
ホームページ　https://www.j-n.co.jp/
ＤＴＰ　ラッシュ
印刷所　大日本印刷株式会社
製本所　大日本印刷株式会社

フォーマットデザイン　鈴木正道（Suzuki Design）

ISBN978-4-408-55764-9（第二文芸）